阳光照到星期八

宁新路 著

高长梅 王培静 主编

与文学名家对话·中国当代获奖作家作品联展

NINGXINLU WORK

花山文艺出版社

图书在版编目(CIP)数据

阳光照到星期八/宁新路著.－石家庄：花山文艺出版社,2013.7(2021.6 重印)

(与文学名家对话:中国当代获奖作家作品联展/高长梅,王培静主编)

ISBN 978-7-5511-1281-9

Ⅰ.①阳… Ⅱ.①宁… Ⅲ.①散文集－中国－当代 Ⅳ.①I267

中国版本图书馆 CIP 数据核字(2013)第 153949 号

丛 书 名：与文学名家对话：中国当代获奖作家作品联展
主　　编：高长梅　王培静
书　　名：**阳光照到星期八**
作　　者：宁新路

策　　划：张采鑫
责任编辑：董　舸
责任校对：齐　欣
特约编辑：李文生
全案设计：北京九洲鼎图书有限公司
出版发行：花山文艺出版社(邮政编码：050061)
　　　　　(河北省石家庄市友谊北大街 330 号)
销售热线：0311-88643221
传　　真：0311-88643234
印　　刷：永清县晔盛亚胶印有限公司
经　　销：新华书店
开　　本：710×1000　1/16
字　　数：155 千字
印　　张：11.5
版　　次：2013 年 8 月第 1 版
　　　　　2021 年 6 月第 2 次印刷
书　　号：ISBN 978-7-5511-1281-9
定　　价：39.90 元

(版权所有　翻印必究·印装有误　负责调换)

目录 CONTENTS

第一辑
像花儿那样回报太阳

阳光照到星期八 / 002
人在西阳里 / 004
像花儿那样回报太阳 / 006
让你重活一遍愿意吗? / 009
寻找失去的快乐 / 012
花儿在向我笑 / 016
近处的风景 / 019
查干湖落日 / 023
向海的秋天 / 026
清晨的彩虹 / 029
没有芬芳的花朵 / 032

第二辑
那个害羞的少年

独舞者 / 038
怀念父亲 / 041
嫁到西乡的姐姐 / 047

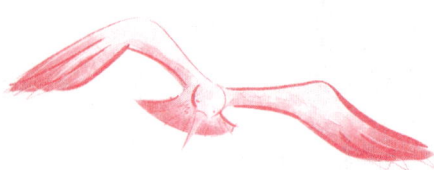

那个害羞的少年 / 051
那位西客站打工的父亲 / 056
萍子 / 058

第三辑
猫喜欢笑脸

猫喜欢笑脸 / 064
好听的猫故事 / 067
黄昏的美餐 / 072
一只交嘴雀的选择 / 077
羞涩的小猫咪 / 079

第四辑
如果我们改变自己

好好跟别人说话 / 084
微笑值多少钱？ / 087
如果我们改变自己 / 089
某种角度 / 092
人妻 / 094

目录 CONTENTS

脸色 / 099
后门 / 102
来路不明的情绪 / 105
在迷雾里行走 / 108

第五辑
家中风雨墙

系在心头的怀念 / 112
我向女儿道歉 / 116
黄昏泪 / 119
家中风雨墙 / 122

第六辑
善良是吹不败的花儿

东方微笑之美 / 128
寻找朋友 / 130
善良是吹不败的花儿 / 135
倒在牵牛花下的老人 / 138

目录 CONTENTS

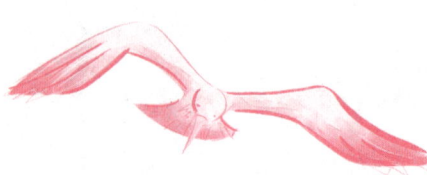

第七辑
人有多少好时光

- 奶香醉人 / 144
- 人有多少好时光 / 148
- 长寿的意义 / 152
- 这些很有意思的人 / 154
- 俯视 / 158
- 黑的白的 / 161
- 人活一年 / 164
- 重复的询问 / 167
- 叫"妈"的感觉真好 / 169
- 一个与良心没关系的重大事情 / 172

第一辑

像花儿那样回报太阳

| 阳光照到星期八 |

这个公园,也许是这个都市最小的一个园子了。说是公园,不如说它是个简易活动场,没有设施,只是围了墙,建了塘,栽了柳,植了草,就称为公园了。最早,这园没名字,很少有人光顾。后来,不知谁为它起了个响亮的名字——阳光星期八。也许是这园名有一种温暖、吉祥的"牵引力"吧,这园子自从挂起这个靓丽的名字,便使人多了起来,有时候还会显得有点拥挤呢。

阳光星期八,这个绝好的名字是谁想出来的?我问管理园子的老翁,这么个没景色的园子,为何叫"阳光星期八"?一周只有七天,哪有个星期八呀?老翁有点不高兴地说,过了星期日的那一天,不就是星期八吗!我故意辩解道,那一天分明是星期一,怎么就成了星期八了?老翁显得生气地说,你这人咋没有点浪漫的情怀和诗意的脑筋呢!阳光星期八,是寓意、兆示阳光日日有,生活天天都灿烂嘛。也就是说这个园子,不仅今天有阳光,而且明天也有阳光,天天会有阳光……这个老翁不简单,他哪里是管理园子的园丁,简直是个诗人。

其实,这园子由冷清到热闹,并不因这靓丽的园名有多大诱惑力,而正是由于这位花匠老翁的美的创造,才使一个普通园子不寻常起来。

老翁有诗意般的想象,也很会创造美。这园子虽小,虽没奇景异彩,但老翁选种的松柏、垂柳,风景树都很精致,草坪种得很齐整,花儿侍弄得很艳丽。我每次走进园子,看他都在不停地打理、修剪园里的树、草、花，园里总是飘散着青草、树木被修剪后吐出的香甜味。老翁的手很巧，巧得有点独具匠心，使得这园里的树木花草虽普通，却有了一种创意之美、艺术之美、精巧之美。这个平常无奇的园子，如若没有老翁这双勤劳的手、艺术的手施美，想必就是有再好的取名，也不至于让很多人注意吧。

我对这园子和老翁，有了一种亲切和好感。这灿烂的名字让我心动，这普通中的精巧之美在吸引我。休息日，我时常放弃去其他地方消闲的念头，喜欢到这个园子里坐坐，散步，读书，感到这园里的阳光柔情明媚，空气沁人心脾。这被诗意化了的园子和花草树木，成了更多普通人的精神归宿。每天从早到晚，园子里聚集了一拨又一拨的中老年人，他们有的来这里唱歌，有的练弹奏，有的练武，有的练书法，有的休息散步。休闲的人中甚至还有不少坐着轮椅的病人、老人，他们在花旁、树下沐浴阳光、读书聊天，脸上都洋溢着笑容。人们喜欢这园子，是因为人们去处太少，还是它的取名富有魅力，或景色迷人？在我来说，它让我越来越喜欢的原因，是这园子的普通的树木花草经过老翁的手，有了一种盎然美、色彩美、造型美，是这朴素的美在吸引我。这也许是更多的人同我一样喜欢这个园子的原因吧。

管园的老翁，每天乐呵呵的，如同辛勤的蜜蜂一样，不停地修啊剪啊，浑身是劲，一脸的阳光。老翁把一个其貌不扬的园子，经营成了一个有色彩、有诗意的花园，是他给我们创造了一个美的园地。我的目光，充满对他的敬意和感激。有一次，我对老翁说，你是个作家、诗人，还是个画家、艺术家呢！你把极普通的景物塑成美的组合，美的艺术，实在了不起。他说，这些"家"都与我不沾边，我只是个退休美术教师。我喜欢园林设计，我喜欢通过普通的树、普通的花、普通的泥土，表达一种事物的美、景色的美。你注意过没有，我们生活中最美的东西，大多是那些最普通的事物展现的，那些最普通的事物的美，才是让人能够满怀信心生活的阳光。每个人都可以创造

这样的美，只要你有心去创造，你会感到在普通中创造出的美是很有趣味的。我已经"打理"过十多个园子了，我把我的美的发现、美的想象、美的构思，通过树木花草表现出来，展现给大地，呈现给人们，让人们徜徉在这普通的美景中，这是一种乐趣……我说，您是一个阳光的使者呢。老翁说，我只是个花匠。

老翁在普通中创造着明天的金色阳光。我每当想到那园子，想到那老翁，心里便暖暖的。阳光星期八，我非常喜爱这个园名，也渴望星期八的阳光。我知道，星期八的阳光一定很灿烂。

|人在西阳里|

我们一老一小，坐在湖旁享受着西阳的温暖。在这寒冬渐临的秋日下午，还有什么比坐在这暖暖的阳光下更让人愉快的事呢？

西阳和煦，还有两竿子高呢。我以为这下午还有很长的时光，但爷爷催促我，赶紧回家，免得到家就天黑了。是的，中午离家时奶奶交代我们，必须在太阳落山前回来，饭是按那个点做的，不然就放凉了。虽然我们还要赶着羊回家，而回家用不了一小时，太阳怎么会这么快落山呢？我觉得爷爷说得有点邪乎。我不走，爷爷说，太阳斜到了一竿子高，离落山就很快了，而且会落得越来越快的，赶紧走吧。我不走，我不相信太阳会落得这么快，我想证明爷爷的说法到底是对与不对。爷爷又坐了下来，我们一同看太阳向下沉落的样子。

我们小孩子，只知道一天的日子很长，太阳老在天上，盼到吃晚饭的时光很漫长，而如此仔细观察落日的速度，是第一次。的确，正如爷爷说的，西阳偏到一竿子高的时候，沉落的速度明显快了，像是有人推似的。快半竿子高的时候，就越来越快了，快到让我惊奇的程度。我的一个苹果刚吃到一半，太阳就快沉到山顶了，而吃完这个大苹果，太阳就落到了山上。一眨眼的工夫，沉下了一半，再一眨眼，太阳完全沉落了，只剩下它的火红的尾巴，而且这火红的尾巴也转眼间消失了，傍晚的天幕降临了。

一路上，我问爷爷，落山的太阳，是不是它的肚子也像人一样饿极了，跑似的要回家？爷爷说，一天的太阳，从东海出门，到落入西山，快慢是一样的，只是从东升到落山，天路长，你很难看出来它紧跑快跑的速度，落山时像盏没油的灯似的，渐渐暗淡，所以它的沉落就容易让人觉得很快。这让我明白了，太阳每时每秒都在奔跑，只是对早晨的太阳和傍晚的太阳的奔跑，有错觉罢了。

爷爷问我，你喜欢早晨的太阳还是喜欢傍晚的太阳？我说，我喜欢早晨的太阳，因为看到早晨的太阳，天就不黑了；不喜欢傍晚的太阳，太阳落山，天就黑了，我害怕晚上。爷爷说，我也喜欢早晨的太阳，看到早上的太阳，人有精神；我也不喜欢傍晚的太阳，太阳到傍晚，一天就结束了，人就少活一天了……你这个年纪多好啊，正是日升的时候，会看到几十年的日落的，你爷爷就像这傍晚的西阳，"落山"一时比一时快了。爷爷说得淡然，但他的话却让我想了很久。

爷爷近七十，我十岁，我认为爷爷会活到一百多岁的，但他活了七十四岁。爷爷的去世与我们爷俩一起看落日，似乎是昨天的事，生命真是像沉落的西阳一样，在飞快地走向消失啊。在他去世时，我想起那次与他看日落后的伤感，才明白那时的爷爷把飞快沉落的西阳，比作自己今后生命不多时了，落日勾起了他对生命匆匆的失落，他那时的内心是多么的伤感啊。

这种伤感，随着年龄的增大，越来越浓厚了。在二十岁时，惊

叹自己，没怎么活呢，年龄竟然这么大了；到三十时，惊叹自己，怎么没活明白呢，年龄竟然这么大了；进入四十岁时，惊叹自己，怎么活得这么快呢！然后，四十岁后的每一个生日，都会有长长的感叹，啊，快奔五十了，而且奔五十，真如落山的夕阳似的，快如奔跑……这就是生命。生命就是飞快奔跑沉落的西阳。

人在年轻时感受不到时间的飞快，因为你的时间还有很多；到年老的时候感到时间在飞奔，是因为剩下的时间不多了。人的大部分时光，其实都活在飞奔的西阳里。这就是"沙漏"的道理吧，一桶沙子，越漏越快，漏到越少的时候，就漏得更快了。

所以，少年时要做的事，不要留在青年时候，青年时候要做的事，不要留在中年时候，中年时候要做的事，不要留在老年时候。否则，就没有多少时间去做了。

要彻底明白这个道理，不妨去看那沉落的西阳。

|像花儿那样回报太阳|

人是知道感恩的动物，因为感恩，我们会有那么多灿烂的笑脸，感人肺腑的谢语，喜悦激动的泪水，亲如兄弟的朋友；因为感恩，我们拥有了更多的朋友，消除了更多的孤独，得到了更多的帮助。感恩，是一个人保持善良内心的朴素情怀。人是知道感恩的动物，但不是所有的人都知道和愿意感恩的，也不是所有人都有感恩情怀的。我们得到了那么多恩泽，但我们对许多恩泽是那么的麻木、淡然、易忘，甚至麻木、淡薄、易忘得有些自私、寡情，自私、寡情得不近情理和令人寒心。我们太需要培养一种感恩的情怀了。培养感恩的情怀，意味着什么呢？意味着获得幸福的广阔内涵。

我们在生活中会常常听到这样的谩骂：忘恩负义、恩将仇报、过河拆桥、没有良心、狼心狗肺，等等。被谩骂的人，不仅仅是朋友，更多的还有亲人。被人以这些尖刻的词语谩骂、诋毁，总是令人不愉快的事情。那么如若谁人的背后常有这样的谩骂，那一定是这个人的道德和人品出了偏差。但我们又常常听到这样的谩骂，那说明我们生活中缺乏和丢失了感恩情怀的人不少，也说明人是容易忘恩的动物。

把感恩扯到"幸福"这样一个概念上，是因为感恩是一个人赖以生存的阳光和泥土。一个人从十月怀胎呱呱落地到长大成人，甚至成龙成凤，我们每时每刻都能够离开来自自然的、社会的、他人的恩泽哺养吗？比如与生俱来的阳光、空气、大地、万物、国家，比如无法改变的父母、亲人，比如给我们关爱和帮助的爱人、朋友、同事、他人，没有这些方方面面的恩泽，我们很难活下去，也很难活得顺利和快乐。人一生有多少需要别人关爱和帮助的关键时候啊，如果离开任何一个来自不同方面的关键时候的恩泽，生存、成功、幸福等便谈不上，甚至连生命也不会存在。

对每个人来说，一生中收受的最大的恩泽，莫过于父母的生养、抚育之恩，也莫过于危难时的相救、相助之恩，莫过于成才之路上的再造、栽培之恩，莫过于成败之时的提携、助力之恩了，等等。这些恩泽，让一个人获得了生命，改变了命运，拥有了幸福。这些对我们人生与命运至关重要的恩泽，我们是否感受到了它沉甸甸的分量？是否十分感恩给予我们这些恩泽的人们？有些人好像很难掂出它真正的分量，也很难记住给予他恩泽的人们。

为什么我们的亲人、朋友、同事会有怨恨的眼泪？为什么我们的身后有别人在谩骂、指责、埋怨我们？为什么我们翻遍了自己的电话

号码本，竟然找不到一个倾诉苦恼的朋友？为什么我们在孤独的时候没有人陪自己行走？为什么我们在需要帮助的时候没有人伸出援助之手？因为我们没有感恩的情怀，我们远离了亲人、朋友、他人。

这个时候，我们总是埋怨亲人不亲、朋友不义、他人冷漠，但我们看看自己吧，我们对待别人的心是真诚和热情的吗？我们对别人的恩泽是感激的吗？我们总是把亲人的恩泽视为理所当然的事情，视为不值一提的事情，对他们恩泽的感受是那么的淡然，淡然得近乎无情。我们总是很容易忘记别人给予的恩泽。我们收受别人的恩泽很多，但我们愿意乐此不疲地收受恩泽却不大愿意记住给我们恩泽的人，有时尽管不会忘却给予我们恩泽的人们，但在感恩面前又那么的吝啬。我们总是太自私。我们接受别人的恩泽，不仅认为是应该的，而且不大愿意回报别人什么。

缺乏感恩情怀的人，是无情的人，是寡义的人，是自私的人。我们生活中不能有太多这样的人。有太多这样的人，我们年迈的父母将会流干泪水，亲人的心田将会成为荒原，人们将不愿为他人付出，人们相互帮助将更多的是金钱的交易，朋友间将是互利互惠的合作。如果没了情爱，我们眼里只剩自己了，我们需要帮助只有让钱来说话了，那我们更多的父母将会老无所依，我们也会是孤家寡人。如果没有了情爱，我们有那么多钱，住那么大房，做那么大官，读那么高的学历，有多少意义？乐趣何在？

培养感恩的情怀，是善良人性的回归。让我们记住更多的亲情、人情、友情，让我们不忘记别人的关爱、帮助、支持，不忘记那寻常与不寻常的"滴水之恩"，让我们时常心怀一颗对世界、对别人感恩的心，心怀一颗对别人施恩的心，让感恩成为点燃我们幸福火焰的种子，感恩别人，给予别人。感恩别人，给予别人，不一定是一捆钞票，不一定是一件实惠的东西，不一定要付出多大的辛劳。金钱的感恩，物质的感恩，没有纯情和高尚作底，那是庸俗的感恩。感恩，也许是一次生病时的探望,一个生日和节日的贺卡,一个问候的电话、一次小小的帮助,一个小小的礼物,等等。

纯情和高尚的感恩,往往是情与心的感恩。我们需要纯情和高尚的感恩。感恩大地万物给了我们家园,感恩父母给了我们生命,感恩亲人给了我们无私的关爱,感恩朋友给了我们慷慨的帮助,感恩生活给了我们幸福……感恩,将会使我们成为爱的宠儿;感恩,将会使我们成为爱的使者。人的一生,应当是充满感恩的一生。一个善于感恩的人,是个可爱的人,也是个幸福的人。

让你重活一遍愿意吗?

即使活到年龄的极限,也没有人愿意死去。人可以企望不死,但死是天定的,人必定得死,那么人死了还有来生吗?那么人希望有来生吗?没有人能够解答这个问题。但可以问一个问题,假如让你重活一遍,你愿意吗?

我问自己,要不要重新活一遍?我很矛盾。要重新活一遍,可以避免幼年的家庭贫寒,可以避免十年内乱的学习贻误,可以避免生存压力的困惑,可以选择另外一条从业的道路,可以避免许多不如意……想到这些,我又犹豫了,假如要活在现在的这样一个好时候,要活在条件优越的这个都市,要有这样一份职业,要有现在这样的好身体,要有现在这样的生活状态,可能吗?好像不可能。我是家中老三,要是在现在,我是不可能被出生的;我不从事某项职业,我来这个都市生活的可能性基本不存在，我是多么喜欢现在生活的这个都市啊；我如若没有那二十多年生活的磨砺，哪有现在对事业的一份执着和勤奋呀；要选择职业，也未必能够选到现在这样一个好职业，至于想象可以成为富翁，可以成为高官，可以成为名人，那都是想象，还很有可能成为农民呢！自己本身就是农家孩子，那么多的同伴至今仍是农民，我怎么就不会成农民呢？我感到，今生上苍给了我很多恩赐，我已经得到了很多，我对生活已很满足了，我想我就是重新活一遍，即使我能够来到世上，也不一定能够活到现在的生活状况。所以，我感谢现在拥有的生活，对于现在的所得，我很知足，我能够生活得不差，在很多人中是幸运的。我怕重新活一遍，如若要重新活一遍，有可能没有这么多幸运。

假如让你重活一遍，你愿意吗？我问我表姐金辉，她说："我不愿意，太辛苦了；一辈子就够了，不想重新活。重新活的境地，能比现在好多少呢？"表姐的话出乎我的意料。在我看来，表姐一定想重新活一世，因为表姐是厅级干部，当过省委组织部的处长，是一个市的组织部长、副书记。一个贫民家庭出来的女孩子，能走上这么高的位置，那是很辉煌、很幸福的事情了；而唯一的不幸，是她中年丧夫，至今过着单身的生活。

在我想来，我表姐一定会愿意重活一遍的。如果她要重新活，不至于读书感到先天不足，可以考中国的名牌大学，毕业后分到国家机关，凭她的聪明才智，很快可以成为处长、司长、部长，甚至可能进中南海做领导，不至于一辈子生活在落后的西北；可以找一个懂得生活，懂得爱情，身体健康的大学同学做丈夫，也不至于侍候了丈夫还要早早送走他，使自己遭受这么大的生活磨难。没想到表姐说，这一切美好的前程和生活，都是想象。重新生活，谁能又保证我就能考上名牌大学，成为领导干部，找一个比他好的老公，生活一帆风顺，没有磨难呢？作为一个女人，也作为一个女人中的佼佼者，今生的现状已经很不错了，官当得再大也带不来更多的快乐，再活一世既是生活的重复，也还得经受很多苦。重新活一遍没有意义。

假如让你重活一遍，你愿意吗？我问一位经营成功女士。她大学毕业后分到了北京一家银行，如果没有裁员之事，她会一直端着那金饭碗到退休，享受美好的晚年。那会是一种温室般四季如春、没有风浪的生活和人生，应当是女性最惬意的人生。

可是她被裁员下岗了，稳定的工作和丰厚的收入转眼间没了，今后的生活怎么安排？那时她二十多岁，面临的是今后的生活没了收入来源。钱从哪里来？得靠自己去找。她开了一个公司，十多年来，执着而艰难地做事，终于在北京站稳了脚跟，也终于有了丰厚的收入。如今四十岁的她，虽然今后衣食无忧了，但她仍然在不停地奔波，很是辛苦。是不是想重活一遍？她说，她想重活大学以前的学生生活和童年。她说，童年很幸福，少年和青年很快乐，进入社会不快乐。从校门进入社会的生活，不想重复，重复是一种艰辛，是一种痛苦。

假如让你重活一遍，你愿意吗？我问一位朋友。他从小参军，上过老山前线，立过军功，有过辉煌的过去。他有很好的歌唱艺术素养，由于婚姻的失败和痛苦，错过了走上艺术家、歌唱家台阶的机缘。他虽已四十多岁，至今仍在梦想成为歌唱家，但现实告诉他，成为歌唱家的可能性基本不存在。他如此热爱艺术和歌唱，我想他一定想重活一回，以实现他歌唱家的心愿。他却说了两种话，他说，他不想重活一遍。歌唱家是梦，这个梦是缥缈的。这个梦究竟能不能实现，实现了对人生又有多少意义呢？这话是他心情不太好的时候，对我说的。而有一天，在他情绪好的时候我问他这个问题，他却说，他想重新活一回。重新活一遍，可以博学知识，可以设计人生，可以慎重选择婚姻，可以找到事业成功的阶梯，让自己的人生可以少点弯路，走得精彩一些……

假如让你重活一遍，你愿意吗？这是个简单而复杂的问题。有的

人不愿意，有的人拿不定主意，也有许多人非常愿意。唉，同样是生活，造成的却是苦酒或蜜，而更多的人喝到的是苦酒。不过，苦酒可以变成蜜，蜜也可以当成苦酒来喝，这全靠自己的味觉了。是不是要重活一遍，在不同的心境下，会有不同的选择；选择也会随着时间、环境、物质的变化而变化。

　　人活一生很辛苦。人生自古多磨难。人要活下去，活到老，而且想重新活一遍，既需要快乐的心情，更需要坚强的毅力啊。

　　终日忙碌，生老病死，悲欢离合，人生是一杯苦涩的酒。至少说苦涩的酒是人生的一部分内容。哪个人活得轻松呢？贫穷的人，有钱的人，做官的人，怎么很难看到活得无忧无虑、幸福无比的人呢？人活着，要活出幸福和快乐，倘若不为温饱所虑，那就活的是内心了。如此境地，你把辛苦和磨难"品"成什么，就是什么。我们更多的人，对生活中的甜越来越麻木了，而往往"品味"到的是苦涩。一个能从苦味中品出甜蜜的人，一定是一辈子活不够的，一定想再活一遍，再活一生。但我们不可能重新活一遍，也没有来世，我们可以从今天开始，重新设计人生，重新调整心态，重新追求生活，完全可以活好今后，重新活出自我。

|寻找失去的快乐|

　　小时候，有一年过春节，爷爷和父亲分别给了我两毛"压岁钱"，一毛一毛的，加起来四张，这是我口袋里装钱最多的一次，我数了一遍又一遍，盘算着明天进城买些自己心爱的东西，想来想去，竟高兴得没了瞌睡，我觉得我是最幸福的人。初一清早，我兴奋地去约小朋友进城，我问他，你得到了多少"压岁钱"？他说一元。

我说你父亲怎么会给你一元钱呢？他得意地说，我父亲有钱。他家好几个人在挣工资，他家比我家富有。同样是过年，同样是长辈，人家的父母给他一元，我仅得四毛，他凭什么比我多六毛钱！本来对进城满怀兴奋的我，小朋友的"富有"，让我郁闷和生气起来，居然埋怨起了父亲和爷爷的"小气"。那一天进城，甚至整个春节的日子，我为我口袋里比小朋友少六毛钱而耿耿于怀，很不快乐。这之后的每个春节，我一次也没有得到过多于这位小朋友的"压岁钱"，这让我隐约地"恨"起了我那小朋友的父母来，他们为什么比我们有钱！

女儿是从一岁起就有百元大钞的压岁钱的。记得她三岁的那年春节，得到了好几百元"压岁钱"，已经大概知道钱是怎么回事的她，别人给她钱的时候，总会笑出声来，那是一种幸福的笑。再后来，随着她渐渐长大，她得到的压岁钱一年比一年多。待到上初、高中后，每年会得到上千元压岁钱。虽然"压岁钱"一年多似一年，但我从女儿脸上没有看到，一年多似一年的欢笑。我曾问她，你一年的压岁钱比爸小时候的多几百倍，你高兴吗？她说，我们班有的同学每年都是上万块"压岁钱"。

一千多元跟一万元比，那是十倍的悬殊，说这事的时候，女儿脸上没有快乐感。显然，女儿跟我小时候的情形一样，她对获得的满足和快乐，让别人的富有"挤"走了。我不可能因此每年给她一万块钱的"压岁钱"让她兴奋，我若要给她那么多钱，那是害她。

我的一位朋友两口子大学毕业后劳苦多年，买了一套一百二十平方米的房子，全家从此搬出了窄小的蜗居，感到生活充满了幸福。

但有一天，忽然看到有个熟面孔的人，从他楼前的别墅走了出

来，并且开着一辆"宝马"。这个熟面孔的人，原来是他中学同学。他的这位同学上学时学习很差，没读完中学就混社会去了，很多年靠收"破烂"赚钱。这让我的朋友夫妇非常吃惊，在他们看来一直是"混混"的这位同学，不仅"混"上了别墅，而且开上了宝马，真是不可思议！

　　面对出入于楼前别墅、开着豪车的同学，我的朋友说，他心里不是个滋味。我发现，我的朋友从看到他的那位住别墅、开豪车的同学的那天起，对于新房、新家没了过去的那种满足与兴奋感。他那住新居的幸福感，从此丢失了。

　　那么，住别墅的富翁、有钱的富豪、职场的高官，是不是他们在豪华舒适的房子里数着钞票、品味着官衔，每天都在偷着乐呢？

　　我与我朋友的这位同学聊天，我夸他的别墅好，他却说一般。他说，在这别墅小区，我是最没钱的人，我这房子面积是最小的。可不，在这别墅区里，他这房子的确是最小的。他跟别人比，他是有理由不快乐的：我与每年收入几千万、拥有一亿元资产的朋友聊天，我夸耀他是业内杰出的富翁。他说这点钱算啥，我公司旁边的老总，"出道"比我短、年龄比我小，早已超过两个亿了。我从他脸上看不出他成功后面藏着的快乐来。

　　我与一位将军老乡聊天，我说你的官做得很大了。他说，大个屁！我的几个比我资历浅的下级，现在已到中将了。金灿灿的将军章，没有使他感觉到十足的快乐。

　　…………

　　这是现在社会中，活得相当"体面"的人的快乐感现状。有经济学家和社会学家说，近几十年来，人们的物质财富比过去增加了十倍，而幸福感却没有增加，反倒在下降。我不解，我们的快乐感到哪里去了？快乐感为何这么容易丢失？

　　很长时间以来，我把这种现象归结为人的"嫉妒"心在作怪，后来与一位智者交流，才发现我对这一现象的认识一直是肤浅的。这位智者说，没有快乐感的原因，是"仇富"心理在作怪。中国穷了几千年，其中原因之一就是仇富。在社会上，人有了钱，就会变成众矢之的，就被剥夺、被侵犯。这一传统几千年没变，而集中反映在"文革"的时候。九亿人口彼此监督，不让任何一个人变富。谁也不敢变成富人。万一变成富人，不但自己被整、斗，连子女都不能上大学，不能参军，不能入党。其结果是，把中国变成了一个彻底的穷人国。的确，我们没钱的人不但看不惯有钱的人，连有钱的人也看不惯比他更有钱的人。

我曾经面对有钱的人，我很少关注他有钱的后面，付出了多少艰辛，成功的秘诀是什么，值得我欣赏的地方是什么。我往往会琢磨他的钱是从哪里来的，甚至会给他们下这样的结论：一定是有"偷鸡摸狗"的成分！

我曾经一面对有钱的人，立刻产生距离感，会闪现"为富不仁"、"男盗女娼"、"铜臭"、"大款"等咒骂和贬义词来。

我曾经面对富人倒霉，有一种解气的快慰感，好像他们是偷了自己钱的人，希望他们越倒霉越好，倒霉的人越多越好。

面对富人，我承认我有种复杂的心态。长久以来，因我持有这样的心态，看到富人，看到比我有钱的人，我会不痛快。即使现在过着丰衣足食的日子，我也不痛快，因为身边比我有钱的家伙太多。

我曾经想过，人这一辈子，是为钱而活呢，还是为快乐而活呢？总认为，财富是最大的快乐。但当有钱了，我感到仍然不快乐。

我请教一位智者。他说，人生追求的最大目标是幸福，或者称快乐。财富并不是我们追求的最终目标，快乐或者幸福才是最终目标。财富只不过是得到快乐的渠道之一。何况有时候财富不但没有使人快乐，反而让人陷入了痛苦。创造快乐是人生最大的学问，也是社会伟大的事业，再没有什么学问比它重要了，也没有比快乐事业更伟大的

事情了。

我们到哪里寻找失去的快乐?智者说,只有消除仇富、妒富心理,才能回归内心的快乐。

这位智者的话是深刻的。我把这位智者的观点讲给我的朋友听,他的内心受到了震撼。他说,我们的快乐的确被自己的仇富心态"挤"走了。没有必要看到别人口袋里有钱就不舒服,甚至希望他立刻倒霉变穷。我们不能为别人的富有而喝彩,也没有必要因为别人富有而愤懑。这实质是拿别人的富有,为自己制造不快乐。是自找痛苦啊。

对于比我们富有的人,官大的人,我同我朋友从此转变了一种态度:宽厚和友善地接受比自己富有的人。自己跟自己比,不与别人比富有。在这样的心态下,我重新看待富人,我寻找到了失去的快乐。在这样的心态下,我的朋友与他住别墅的同学从此相处得很好,在他那位富翁同学的帮助下,顺利地做成了几笔生意,很快变得有钱起来。他说,我得谢你,否则我至今也不会"正眼"瞧我那位"破烂王"同学呢,也不会有今天的财富。我说,我们都谢那位智者吧,是他让我们寻找到了失去的快乐。

花儿在向我笑

我从没有注意过,在我每天所走过的院边,居然有一丛花儿,长得格外茂盛。这是什么花?它花蕾繁密,含苞的,口吐血红,盛开的，红里透粉。我不知道它是一种什么花，也不知道是不是有人栽种在这里的，如此艳丽娇贵的花儿，我好像从没有见过。我便停住脚步，细瞧这些花儿，花儿在向我笑呢。我禁不住也对花儿笑了起来。

发现花儿向我笑，这是让我久违了的喜悦。记得小的时候，我有过这样的喜悦。那时有的是时间玩赏各种各样的花儿，那时家里房前屋后有的是花。看花看腻了，我和妹妹们搞采花比赛，看谁采的花品种多，看谁采的花"笑"得最美最甜，结果每次都是妹妹获胜。因为妹妹选花，很耐心。她选一朵花，要静静地观看好久，看哪朵花开得最自然，最雅致，最喜兴，她才选那朵。我们嫌她磨蹭，她不服。她说，要知道一朵花是不是很美、在笑，得悉心去看，花的笑是蕴含在每片花瓣中的，不是每一朵花都在笑，有的是在沉默，有的是在生气，有的是在痛苦……妹妹的花"论"好深奥呀，让我们顿时敬重起每朵花来。不管她说的对也好，在唬我们也好，的确，她选的花，是跟我们不一样。后来，我选花就不再毛糙，静心观察，发现了花的真正奥秘——我看到了花的笑，这使得我相信了妹妹的话，花会笑。但从此我记住了妹妹的那句话：要知道一朵花是不是在笑，得悉心去看。

离开家乡，好久没有悉心看一朵花了，眼里好久没有"看"到花的美了，虽然都市的花很多，南北荟萃，它开在马路边，开在花坛中，开在阳台上，开在公园里。尽管它开在我身边，时而闯入我眼帘，但我往往是眼匆匆，步匆匆，哪有多余的时间，闲暇的心情赏它呢？偶尔在花前拍张照，也只是把它当作布景道具，凑凑热闹，装腔作势，为影集增加些新照片而已。至于赏花，也会有这样的雅兴，那只是走马观花罢了，很难静下心去品，去赏。都市的花多，但感到都市的花跟自己很陌生，都市的花跟自己没关系。因而对眼前的花，只是一个景色概念，只是一个模糊印象，更是感觉不到它对你多么亲切，它是美的，但不知道美在哪里。

院边的花，在西斜的阳光下像浓妆淡抹的少女，显得格外秀美。它们虽然是人栽植的，但长得无拘无束，活泼天真。我静心去赏，发现每一个含苞欲放的花蕾，透着羞涩的笑意，每一朵盛开的花朵，都在从容地笑，它们笑得太美了。这么好的景致，就在我每天走过的身边和眼前，竟然从来没有在意过。想想，这院边的花，已长有好些个年头了，每年都在开，从春天一直开到深秋，我怎么就没有看到它们呢！我为我的生活而悲叹起来：我在忙些什么，我的眼睛在"盯"些什么，我的内心空间到哪里去了，我怎么就看不到开在眼前这么动人的花呢？想来，又有很多理由。每天早出晚归，休息日也在忙事，眼里盯的是高楼、马路、汽车、人流、钞票，心里装的是事情、工作、前途、烦恼，眼里没有景，没有花，也是自然而然的事情。

花在眼前，眼里无花，这是人对花的轻视，还是花对人的轻视？眼前有花，看不到花开，这是人对花的失落，还是人对花的麻木？看到花开，看不到花美，是花对人的无意，还是人对花的自大？这对花来说并不重要。人们，看不看到花开，看不看到花笑，对花来说，是无所谓的事情，花是为自己，为阳光和大地而开的，它的美并不是为人而展现的。而对人来说，眼下有美却看不到美，忽略了美的存在，却是可惜的事情。

是的，生活让我们太忙了，忙得眼里只能装下"名"和"利"两件事，忙得我们心里只能装下吃喝拉撒这些具体而实惠的事情了。我看着眼前的花儿笑得这样美，顿时感到，我常常埋怨生活缺乏美，身边看不到美，其实美就在眼前。只是自己把它忽视和放弃了。

人这一辈子，如果仅仅面对人和人，人和钢筋水泥，人和忙碌，人和名利活在一起，活完了一生，竟没有看到有限的美，没有享受到万物的美，那将是太可怜了。

花儿在向我笑，这丛让我每日可以看到的花儿。花儿的笑，让我紧绷的面容舒展了，让我劳累的身心放松了，让我忧郁的内心喜悦了。我要把这花儿的笑，溶化在心里。于是，我索性坐在这丛花儿旁，一朵又一朵欣赏、品味它们的笑意和可爱。花儿的笑，花儿的美深深感染了我，让我似乎回到了童年时天真烂漫的心境，不觉感慨，生活是美好的，美好得像眼前花儿一样多姿多彩；人生是艰辛的，但有花儿的美，花儿的笑陪伴，生活永远是幸福的。

近处的风景

人总是着迷远处的风景，以为远处的风景一定比近处的风景绮丽，美妙。我就是一个着迷远处风景的人，在西北住了许多年，后在北京住了近二十年，我发现我很少注意眼皮底下的风景。往往是，每逢长假还没有到，总要谋算筹划一番，是去南方呢还是去北方，是去中原的哪个名胜古迹，还是去游玩五岳名山大川？家人说，本地的那么多好景点还没有逛呢，这些名胜景观一点也不比外地、外国的差，何必舍近求远，千里迢迢去凑人海般的热闹。对他们的话我不屑一顾，因为在我看来，近处的风景怎么能比得了外地的风景？况且近处的风景今后随时可以去。这样的理由别人很难劝服我。我的一位的朋友，十余年眼盯着国外，一气转悠了五十多个国家，让人好不羡慕。所以每次选择游玩，我眼睛大都朝"外"，家人实在不去，干脆哪儿都不去了。近处有啥好看的！

这样的偏见和固执，使我忽略和放弃了许多近处的风景。在西北的若干年里，在银川的那些日子，西夏王陵、贺兰山古岩画、青铜峡

古塔、沙湖、西部影视城等名胜风景，都是国内外游客渴望观光的地方，而且风光旖旎，景色迷人。但这些美妙的景色，在我看来没什么好看的。尤其是它经电视、报刊报道，更失去了我对它观光的兴趣。远处有美景，我的眼里总是盯着远处的风景。多少次，家人和朋友提出到当地某某景点游玩的想法，都被我"否决"了，我说要去我们就去北京，去西安，去敦煌，去北戴河……结果是，很难成行；结果是，把很多时间扔在旅途上了，游玩回来的感受只有累；结果是，定居北京后，宁夏的这些风景名胜，随着我的远离，也与我远离了。直到现在，二十多年过去了，许多景点名胜我也没有去过。几年来，有朋友热情邀我来宁夏一游，我顿感脸红。宁夏是我第二故乡，我在那里生活了那么多年，竟然轻看和放弃了名胜景观的地位和游玩机会，现在被朋友当作客人邀请游览，实在是对不起自己在宁夏时的生活，也对不起宁夏这块土地和人。近来朋友又邀请我务必前去一游，说你离开宁夏近二十年，过去的景点之外，又新增了许多更美的景点，这使我动心了。但到宁夏毕竟是千里之遥的路程，来去和玩至少得四天时间，这就犯难了，要花去一大笔钞票是小事，要腾出几天时间来很难，这使得朋友和自己都很失意。

  风景、名胜，是一个地方的思想和精神的表现。说实在的，在宁夏生活了许多年，谁要问我宁夏的哪些地方好玩，宁夏的某某风景名胜是怎么回事，我说不上来。至于谁要问我宁夏的历史、文化，我连北方的学生都不如，我对它是陌生的、浅薄的、无知的。我为此惭愧地责备自己，我虽然喝过宁夏的水，呼吸过宁夏的空气，但我的眼里却没有"装"进那里的山河、大地、风光和历史，这是我这个作为半个宁夏人的悲哀。近来，坐在北京的家里，常常看到介绍宁夏风光名胜的片子，我对那些名胜既陌生又惊奇：宁夏还有这么好的地方，竟有这么美的景色，有这么深厚的文化遗产啊？真后悔过去忽略了。我决定要补上这一课，腾出充足的时间，去仔细品味一下塞上江南的风景名胜，不然那会使我的那段生活，亏欠美的感受、文化的内涵和眷恋的根基。

在外地生活的时候，时常渴望观赏北京的风景名胜，尤其着迷故宫、天安门、八达岭长城、颐和园、香山、东陵、西陵等名胜古迹，且把游览这些名胜作为多年的愿望，一有机会去北京，总是不放过到风景名胜点一览。那时在我这个外地人眼里，北京的风景名胜不仅众多，而且神圣，上百个景点聚集于古城，几千年文化荟萃于京都，想起来就让人陶醉。因而游览北京风光，那是一种冲动，是一种满足，是一种荣耀。每次出差间隙，我尽力多跑两个景点，生怕以后再没了观赏的机会。尽管如此，在我定居北京之前，去过五六次北京，也仅仅游览了故宫、颐和园、北海、中南海、景山、香山而已，许多景点和名胜，还在梦想中。后来工作调到北京，全家定居这个日夜向往的都市后，一段时间有种游遍京城风景名胜的强烈欲望，却被工作和生活的忙碌而冲淡了、淹没了。心想，反正在北京生活，今后有的是时间观看游玩这些景点，而却把观光风景的眼光移到了外地。

一晃，多年过去了，天安门时常在车窗里晃过，长安街几乎每天要走两遍，北海、景山就在眼皮底下，香山抬头可以看着……京城里的风景在眼里渐渐淡了，觉得北京除了人看人，没什么好看的。近二十年过去了，外地的景点倒是去了不少，而数数去过的北京的景点，新去的也就是八大处、圆明园、西陵、潭柘寺，重复去过的也就是天安门、香山、北海、颐和园而已，八达岭长城、故宫、十三陵、世界公园、天坛、地坛等几十个风景名胜点至今还没有去过呢，而故宫到现在还有一半宫殿仍没有看过呢。究竟什么时候能把这些景点游完，好像只能等到退休后了。至于北京城数百座公园，也只去过三五个，许多风光美丽的公园、名园，也仅是只知其名，不知其景。近来，游了一趟中山公园和潭柘寺，发现北京的古迹和公园，简直是景观的精品。古柏参天、碧水荡漾、鸟语花香的中山公园和潭柘寺，景

色那么迷人，不愧是观光休息的好去处。连续两天，我们带上食物，在园里观花赏景，在寺庙的山涧歇息观云，拍照玩耍，让人领略到的是经典的景色和别致的风情。在本地游览，无需预约，无需有人陪同，早去暮归，这种精短省时的旅游，身心不累，真是美不在言。这让我感到，这近处的风景，一点也不比名山大川的差呀！何必总惦记着异地的风景呢？

　　我的游览计划中，已把我曾经生活过的宁夏和现居的北京，作为观光的重点了。然而，这两个地方让我陌生的风景名胜又那么多，何时才能一一实现愿望呢？恐怕不是短期的事情。这让我很惭愧。在外地生活的时候，我尽往北京跑；居住北京后，又热衷到外地游，在我的眼里怎么老是"近处没风景"，喜新厌旧呢？我担心如此不改变自己的眼光，北京城里那么多美好风光、迷人景色会从眼前悄悄地溜走。就是在北京再住上若干年，也不一定看全北京的风景，不一定看到北京真正的美，不一定享受到北京的美，更不明白北京的魅力所在，那会永远是北京的外地人，也将是一生中最大的憾事啊。

　　于是，我对眼下的、近处的风景格外留意起来。这让我忽然发现，眼下、近处，确有无数奇妙绝伦的景色。譬如天安门的清晨和傍晚，长安街的夜色，颐和园和北海的春景，香山的秋色，还有我家门口的绿地、花坛、垂柳等等，这些有名的无名的，古代的和现代的景色，过去我从来没有在意过，更没有品过它们的美在哪里，现在悉心观赏，真是美不胜收，让人陶醉啊。我想，这就是一个人住在一地，热爱一地，享受一地的正常态度吧。可惜我在过去的时光里，总是放弃眼下的风景，眼里没有近处的景色，外地的风景又看了个大概，实质是没有享受到身边实实在在的美啊。

查干湖落日

那个下午太阳西沉后的整个时光里,我们都在查干湖上行走,先是坐汽艇,后是坐竹排,然后是游船,赏湖,也赏日落。

初秋的查干湖,高高的西阳洒落在高出人头的荷上,晚开的荷花正艳,把一群群游人笑脸迎送到船上,送进了芦苇荡深处。过了一片又一片芦苇荡,是汪洋无际的湖泽,虽有芦苇,而湖水浩渺,芦苇荡却成了湖中的点缀。一只只喜悦的灰鹤紧跟船后,一群群好奇的水鸟也凑了上来跟人亲热,汽船扰惊了鱼,鱼在波浪里翻腾跳跃。鱼是在生气还是兴奋,它们跳出水面很高,几乎要跳到船里来了。最壮观的景色是美若绿宝石的湖水和落在湖上金光万丈的没有被尘埃"过虑"过的西阳。

热情的秋阳,照在查干湖上,湖面如镜,把阳光反射过来,也被我们的视线"聚焦"到了眼前,在眼前的湖面上形成金色长河。船儿迎着西阳奔驰,从湖上射来的阳光,越来越强烈,连眼也睁不开了,我们被西阳吞没了……船儿越开越快,我们在金色的波光里飞奔,奔到很远,金色的长河,还是看不到边。眼睛紧闭,波光让人满眼浮现的是刀光剑影,金戈铁马。这满眼呈现的光怪陆离的影子,让人兴奋和陶醉。我们追逐西阳,无限西阳扑面而来,追也追不到。返航,朝着东方的岸边缓缓返回。顿时,湖里长长的西阳被撕成了碎金子,晃动着,紧紧跟在船后。

船儿迎着西阳一次次把我们漂向湖的远方。湖的远方还连着远方,她的边际在哪里,望也望不到。船离岸越来越远,船在湖里越来

越小，风在脸上越来越有筋骨，船离西阳越来越近，西阳在湖里燃烧得越来越耀眼。船后汹涌的浪涛告诉我，水越来越深了，船到了查干湖的怀抱，我们的身心有种被她拥抱和亲吻的甜蜜感觉。

　　查干湖的落日，随着飞速的船儿跳跃，让人激动，让人疯狂。而在竹排和木船上看查干湖落日，又是另外一番情形了。木船缓缓的驶向湖心。这时，西阳在迅速沉落，从刚才的金黄色，渐渐变为橘红和玫瑰红。它的红被几片薄如丝绸或水彩似的淡云笼罩着，西边的天被染红了，好像把水彩也泼到了湖上，染红了湖水。这湖上的落日和夕阳，撩起了满船人的激情。湖上的一切都被夕阳美景浸染，湖是红的，船是红的，人是红的，感到自己红的血液在胸腔奔腾，诗情成了火焰在往胸口跳动。在人们最兴奋的时刻，查干湖的后辈们哼着"查干湖之歌"，给我们讲起了查干湖冬捕的故事。

　　一万年的查干湖，一直这样辽阔壮美。在美妙的夕阳里，郭县财政局朋友、查干淖尔人的后代，情绪激昂地叙说这霞光染红的湖上发生的故事。

　　他们的祖先世代逐水草而居，以打鱼为生，尤其形成了查干湖冬捕的独特捕鱼方式。冬捕也成了查干湖的胜景。

　　那是在辽金时代，每年腊月辽王都要率领家眷来北方，在查干湖湖面上搭建帐篷。在太阳升起的时候，帐篷里的人把脚下的冰刮薄，薄到像纸片儿，这时可以看见鱼儿在冰下游动。看够了想吃时再将薄冰打开，鲜活的鱼儿就接二连三地跳上冰面……这里的人习惯把这种冬捕称为"春捺钵"。

　　"春捺钵"渐渐成了设网冬捕。历史上的蒙古族崇拜天地山川，素有祭山祭水之俗。冬捕前要举行神秘的"祭湖·醒网"仪式。查干湖上的祭鱼台，宏伟而壮观，是后人们仿制远古时的方式建造出来的，古朴得有点神秘。就在这台上，每年冬捕前，要举行隆重的冬捕仪式。那场面已成"吉林八景"。

查干淖尔人后代自豪地唱起了"查干湖祭词"——查干湖啊,苍天的宝镜\查干湖啊,大地的眼睛\所有的生灵,所有的生命\都聚在你智慧的怀中……

在这悠扬豪迈的歌声下,我看到了朝着湖边走来的浩浩荡荡的大军。那是成吉思汗率领的九翼铁骑,在晨曦时分,来到位于查干湖边,与众人一道手托"九九礼",齐声高诵"查干湖祭词",将芳香的奶酒洒进查干湖。在湖边一幅成吉思汗查干湖冬捕的画上,描述了这番祭湖的生动情景。

查干湖的冬捕很有趣。冬捕的网,先在一米左右的冰层上每隔八九米凿一个冰眼,一网要凿几百个冰窟窿,然后穿杆引线。下网时,担心网太长,每隔一定距离,便用马拉绞盘拉动大网,才能将大网逐步下到位。仅下网的过程就从晨日始,到傍晚落日收网,得八九个小时。想必冬捕赶在日落前收网的场面,马儿拉着山似的鱼从冰窟窿里出水,肥美的鱼儿在网里蹦跳,妇女和儿童在湖边欢呼雀跃,岸边几十口烧好水等待煮鱼的锅正冒着热气……那场景,一定是夕阳下查干湖上动人心魄的图画。

查干湖渔猎文化传承了近万年,传到今天,还是这般热闹和喜悦,只是今天的一网可以捕上近二十万公斤鱼,创了前无古人的世界冬捕吉斯尼纪录,实在是件了不起的事情啊。

查干湖上有很多动人的故事,查干淖尔后人讲也讲不完,但查干湖的落日到来了。我静静地享受日落湖中的美事。

当湖的尽头那轮圆得格外通红的火球,快要落入湖中时,查干湖像铺上了轻柔的红地毯。这块无边的红地毯,燃烧着,像迎接一个神灵降落,那么宏伟,那么炽热,那么深情。夕阳一点不留恋这神圣的红地毯,转眼功夫,把半个身子落入湖里,也把红毯从湖中拉走了一半,待到身子全部沉入湖中,红毯在湖中只有尾巴了,再不一会儿,浩瀚的湖面呈现铁一般的颜色,夕阳拖着红毯无影无踪了。查干湖的

夜晚到来了。

查干湖落日,这重复了一万年的图腾,永远与查干湖一样每日都是崭新的,谁观赏它的这宏大壮丽,谁也会激动得久久不能平静。

| 向海的秋天 |

白城的初秋,居然没有从科尔沁草原吹来的一丝凉风,天气闷热得让人怀疑是否在东北,还没见到水在哪里,就闻到浓浓的湖水味。这是强烈阳光捎过来的。这里的阳光在瓦蓝的天空里一丝不挂,很容易把水变成湿气,把水汽蒸在人身上,更让人感到水的强烈存在。朝着涌动而来的水汽走去,果然看到一个望不到边际的恍若人间仙境般的湖泽——叫向海的地方。

向海,多么富有诗画意境的美称啊。向海,是"像海"的寓意吧,可呈现在我眼前的却是茫茫芦苇与碧水连天的湿地,准确地说是沙丘、草原、沼泽、湖泊相间分布的多样性景观的湿地,并不是大海。对此白城人说,是"面向大海春暖花开"、"向往大海"的意思。白城十年九旱,而在这干渴的土地上,天生一个大湖泽,要被称为"大海"或"像海",是毫不夸张的,更像是表达了白城人的某种企盼,它要是个大海多好!

我没亲近向海时,有点小看它,以为它是个非常普通的湖泽,而走近它却让我惊叹。惊叹是被一个满头白发的"老人"带进湖泽起始的。走过曲径通幽的芦苇荡,忽然出现数十亩大的野生珍禽王国,成群丹顶鹤、天鹅、白鹤、雁鸭等戏水游玩和飞来飞去。"白头老人"说，这是向海的主人；不管它们飞到哪里，总会回到向海的。向海是它们的家。这些稀世珍宝，祖辈都在向海，它们在这个家里，生活得非常舒适安逸。

竟然有一条船，竟然有条河，在向海的通幽处。"白头老人"把我们带上了船。这是在沼泽里挖掘的河，翠绿的湖水上是珍珠般大小的浮萍，两边是飘逸的芦花。红艳的船在河里缓缓行走，惊动了两边的芦花荡。芦苇微微荡漾，像是给船儿和人们热情招手；满河的小浮萍和草，被打破了长久的平静，随波晃动起来，形成长长的涟漪，整条河像是被微风吹拂了的绿丝带，动起来了。我们打扰了这河的梦境，一道道阳光从水波里反射过来，让人感到原来平静的河水，因船儿的打扰而兴奋起来了。

一群鸟从头顶飞过。"白头老人"说，那是丹顶鹤，还有大雁。它们飞得很低，一只又一只雪白的丹顶鹤，舞动着优雅的翅膀，似在飞翔，又像是游玩。随后的大雁，飞得高一些，且飞得越来越高了，把丹顶鹤远远扔在湖的上空。它们好像在飞向远方，飞得越来越快。向海人有点失意地说，大雁南飞了。是的，向海的秋天到了。这么多大雁飞离了向海，向海的冬天该寂寞了吧，向海还有更多的鸟不会离家。

船儿驶到了彼岸，简易的码头上，有两个迎接我们的主人，一只高大而亭亭玉立的丹顶鹤，还有一个姑娘。"白头老人"说，丹顶鹤见到你们北京来的人格外亲切哩，没有国家财政十多年投入几千万元的治理，就没有这丹顶鹤和鸟的家，也就没有今天这个世界级的自然保护区。好像丹顶鹤真是感谢来人似的，它以温顺美丽的身体，衬托出的朱红的顶，像少女的红蝴蝶结，在阳光下格外鲜艳。姑娘说，这是她养大的丹顶鹤，叫"勒勒"，是来迎接你们这些贵客的。"勒勒"温情地看着人们上了岸，抖动几下翅膀，像是欢迎的仪式吧，然

后它迈着轻盈的步子，带人们走进了一条深草茂密的小道。

"勒勒"待人很温情，边走边回头看客人，生怕落下谁。它那轻盈的步履和窈窕、含情脉脉的样子，好不高贵。人们跟它合影，它不拒绝，叫它名字，它会回头眺望。这些与人亲近、待人友好的细节，让人越发感到它是含情脉脉的美少女。

"勒勒"带我们走过七扭八歪的小道，来到了它的家舍——山丘下的一排鹤舍。养鹤姑娘从鹤舍呼唤出了一群又一群丹顶鹤。丹顶鹤在姑娘的口令下，"呼啦啦——"从人们眼前飞起，飞向天空。这是它们在给来客作表演。这时正是夕阳落山的时候，彩云间喷出的万丈红霞，把翩翩起舞的丹顶鹤尽染，个个像披着红纱的天使，做着盘旋的舞蹈，飞到不远处又飞回来，飞落在客人脚下。它们飞起又飞落的壮观景象，让人恍若来到了一个美妙仙境。

向海除了芦苇，就是成群的鸟。在芦苇丛和天空，尽是成群结队的鸟。向海有多少种鸟？白城人说，少说有上百种。向海是鸟的天堂，是让世界惊叹的湿地。国际鹤类基金会主席和荷兰亲王看了向海后兴奋地说，这"是世界为数不多的宝地"、"是人间仙境"、"不愧为鹤的故乡"。这些赞赏之词毫不夸张。有点遗憾的是，向海每年孵育和出生的成千上万只鹤与鸟，大多会飞到远乡生活。望着头顶远飞的鹤和鸟，"白头老汉"有点深情并自我安慰地说，它们是飞到盐城和鄱阳湖过冬去了，春天回来；也有一些不回来的，虽然让人伤感，但它们不管生活在哪里，相信终究会回来，因为他们是向海出生的，向海是它们的老家。

秋寒虽让向海的鹤和鸟南飞了许多，而它们的多姿多彩的倩影，却留在了"白头老汉"的镜头里。"白头老汉"用卖掉自家150头牛的钱，买来"大炮"照相机，艰辛守候记录下了鹤和鸟迁徙、营巢、觅食、交尾、产卵、喂雏的精彩过程。在厚重的画册里，我们饱览了丹顶鹤故乡和鸟的王国发生的奇观。

"白头老汉"并不老,他叫赵俊,才五十三岁,是向海自然保护管理局负责人。他在这片湿地开掘经营了十五年,也许把心血都费在了湿地和鸟上,年龄刚过五十,头发白的就像芦花了。就在我们来向海的这一天,他接到了省里调他到长春任职的决定。他说,真不想离开向海,宁愿跟鹤和鸟一样,把家永远安在向海。

清晨的彩虹

你看到过清晨的彩虹吗?我兴奋地告诉你,我看到了清晨的彩虹!那是在一个深秋早晨,我在下榻的云南保山一家酒店16层房间,当我拉开窗帘,惊奇地看到,在朵朵白云漂浮的碧蓝如洗的天空上,挂有一道七彩夺目的彩虹。彩虹大而厚重,像被圆规画出的极为精致的半圆,潇洒自如地飞落在山前,镶嵌在保山城上空,整个保山城如同罩上硕大彩环,好一幅景色绝美的油画!

这是我近在咫尺看到的彩虹,它恍若随手可揽的花环,能够轻易拥抱到怀里。这简直是一幅让人惊叹的美景:宽大的彩虹,在绿如翡翠的山前,划成一道饱满的半圆,拥抱朵朵白云,尽揽山的嵯峨壮美,也尽收了宁静、清新和秀丽的保山山城。晨光、彩虹、蓝天、白云、青山、秀美的山城,在朝阳的霞光里,形成了一幅美若画卷的奇景。

这清晨彩虹的美丽奇景,是以细腻、精致和秀美混合而成的。它的细腻极为丰富,看上去是赤橙黄绿青蓝紫七彩,实际上是数十种色

彩组成的，是柔绵得细嫩而鲜艳得耀眼的那种色彩。那环绕彩虹舒卷的朵朵白云，像天空飘落的白絮，又像是被抛上天空的花团，是那么精致。那天空的蓝，如泉水清洗过似的，纯净得没有任何杂质。那七彩虹下高而不险的山，是苍松翠柏的颜色，好似毛茸茸的衣领，围在山城的颈后。那彩虹下的别墅和楼房，大多是白色的，错落有致地形成一块块方阵。还有那开在楼下路旁的鲜花，那恬静而散发着花香的街道，那街两旁林荫蔽道的梧桐，那梧桐树下成群结队穿着清爽校服的学生……

正当我沉浸在这清晨彩虹带给我无限喜悦的时候，突然从楼里飘来清亮而委婉的二胡曲调。那曲调拉得悠扬动情，给品赏彩虹美景添了份浪漫情愫。这曲子很耳熟呢，是保山流行百年的民间音乐《赶马调》。我曾听过保山的《赶马调》，那是以悠扬动听的芦笙、葫芦丝、太平箫、小三弦以及彝族香堂人以"酒醉筒"、"牛头琴"、"拔地鼓"为主奏乐器的土巴垃器乐演奏的，曲调高亢明亮，变幻无穷，令人陶醉，它是保山的汉、彝、白、阿昌等民族的人都喜欢的曲子。

这《赶马调》，我在一年前保山腾冲县的滇缅抗战烈士陵园听到过，那是一位瞻仰烈士陵园的古稀老人，在一群墓碑前，双膝跪地，老泪纵横地磕完几个响头，大声哼起了一支曲，哼得极其悲壮而哀伤。保山的朋友说，他哼的歌叫《赶马调》，是保山古老的民间歌曲，可以唱得很随意，也可以唱得很忧伤。

老人这哀伤的《赶马调》，是唱给墓地哪位长眠者的？这里沉睡着数万名松缅抗战英雄壮士。这个抗战的勇士是老人的亲人，还是老人的战友？他为什么要唱这歌来祭奠故者？想必，那位长眠地下的勇士，是非常喜爱听这首歌的人吧。

古稀老人泣不成声的伤感曲调，让我的眼眶涨满了泪水。我在宏大的石碑上找到了古稀老人伤痛的所在——那段中华儿女血肉染成的悲壮历史。那是在20世纪40年代前期，就在保山等地，爆发了一场保卫滇缅国际通道、维护国家领土主权的抗日爱国战争，也就是闻名于世的滇西抗战。

在这场事关中华民族存亡和世界反法西斯战争胜败大局的战略决战中，中国远征军、美国盟军、爱国华侨和滇西各族人民英勇奋战，以伤亡20多万军民的代价，谱写了一曲英雄大史诗。而尽管有几部影视剧描写这场决战的悲壮，但好像没有哪部作品，能够深刻地再现那场战争和那些勇士们面对的残酷和表现的英勇顽强。

这位古稀老人祭奠的故者，一定是这20多万军民中的一位，他有可能是保山人，也有可能是与这古稀老人有着特殊情感的人，他一定听过或唱过《赶马调》这曲子的。可惜眼前墓园里，仅仅是一条条小得再不能小的只能写下英烈名字的小墓碑，没有生平介绍，更多的英烈甚至连名字也没留在这里。墓碑上的名字，是那么活生生地令人亲近，但难以知道他们的容貌和壮烈事迹。只有那位古稀老人，也许能说出墓园里一位或几位烈士的故事，这墓园里任何一位故者的故事一定不同寻常。我寻找古稀老人，可他被家人搀扶走远了。

金黄色的朝阳里飘着细如发丝的秋雨，彩虹在阳光里分外鲜艳。回想在腾冲"松山抗战烈士陵园"古稀老人痛苦不堪的音容，我感到这保山清晨的彩虹，蕴藏着更多的诗意。它让我在享受浪漫中，感受到了一份神圣般的庄严。

没有芬芳的花朵

我一向不太喜欢鲜花店的鲜花,因为花店的花大多是温室种植的。温室种植的花,与田野阳光下生长的花不一样。田野的花,茎骨壮实,色纯质朴,花香浓郁,插瓶久开不败,且香味悠长。温室里的花,花枝虚弱,色泽娇艳,花香淡然,到了花瓶花朵很快虚脱凋落,且香味无踪。都市里很难买到来自田野的花,所以我不到特别需要它的时候,几乎不买温室种的花。我对温室的花和人造的假花,有种抵触、反感和轻视的情绪。这也是因为我在农村长大、见过原野的真正花的缘故。在我看来,原野上盛开的任何花,都比温室的花开得热烈,开得真实,开得精神。那才是真正的花儿。

几天前到朋友家作客,在客厅里见到了两瓶花。一瓶是山茶花,一瓶是红玫瑰。山茶花相当艳丽动人,但细瞅,是绸子做的假花。红玫瑰是真的,但无精打采,更无花香。忽然想起,昨天是情人节,这红玫瑰也许是哪个男士送她的,可这花却是有负那位男士火热的情肠,情人节的"味"还在,可瓶里的玫瑰就要凋谢了。心想女主人不知对此有无惆怅?果然,她不好意思地说,这玫瑰不太好。我说,不是玫瑰不好,是因为它是温室种的,娇气。当然,作为四十多岁的女人,看重的是送玫瑰的人的情意,不会像年轻女孩那样计较花的质量。这样的花,是会让人扫兴的。

她由对花的不悦,转向了对她女儿的不悦。她说,她们这一代大多是温室里的花,娇着呢!她的话音刚落,她的女儿已经连珠炮似的扔出了一串串反驳、攻击她的话,言语刻薄放肆。她无言以对,难为情地让步了。

她的女儿在上大学,长得光艳动人,加上她那高档衣服的包裹,真是一朵美丽的鲜花儿。但她刚才对她妈妈伤人的攻击、指责、埋怨,真似一朵长刺的玫瑰。她把一包带回来的脏衣服朝她妈妈一扔,大声说,给我洗了,下午我要带走!她妈妈说,我今天感冒头痛不想动,你学着干点家务好吗?这么大了总不能任何时候都衣来伸手、饭来张口吧!女儿说,你要不愿洗,我就送干洗店去洗!她妈苦笑着,把脏衣服放到了洗衣机。她打开电脑,玩起了游戏。

她肯定不知道她妈妈的生日,也不知道她爸爸的生日。因为有一次她妈妈在电话里对我说,她的生日提前几天就告诉了女儿,那天是周日,让她放下玩的事情,回来跟她吃顿饭,女儿竟然忘了。她苦涩地说,其实不单纯是忘了,而是她心里根本没装进妈妈生日的概念。她说她的生日,竟然一次也没有听到女儿祝福的话,从女儿懂事到现在。可是对自己的生日,女儿记得牢,她比女儿记得更牢,而且哪次都是她亲手精心地为女儿做菜、买蛋糕、插蜡烛……她说,真让人受不了!这些,在如今的独生子女中,又算得了什么过分的事情呢?

我在一个中学,问过许多学生,你们爸妈知道你们的生日并给你们过生日吗?都说不仅爸妈知道自己的生日,甚至爷爷奶奶、叔叔姑姑都知道,并且他们每年的生日过得都很开心。又问,你们知道自己爸妈的生日吗?却只有很少几个人知道,至于爷爷奶奶的生日,没有一个人知道的。一家蛋糕店的熟人告诉我,他们主要是赚孩子生日蛋糕的钱。我时常被朋友邀请参加他们公子小姐的生日庆祝宴席,当然我是一律婉拒,从不参加。如果是大人的、长辈的,我是很乐意送上祝福。多少次,我在酒店看到父母、老人,七大姑八大姨给公子或小姐过生日像庆贺皇上生日那样的场面,便产生悲凉,这些父母和老人在做什么?!简直是在作践自己,糟蹋孩子。

我讨厌现在的许多小孩,尤其讨厌他们在父母面前的为大、狂

妄、骄横、霸道、冷漠、自私。有一位远在千里外工作的父亲，为了给女儿过生日，买一万元一块的金表，不辞辛苦赶来给她过生日，不料女儿不喜欢她的礼品，也不给他面子，当着亲朋的面，把礼品扔了，指责父亲不会买生日礼物，气得父亲直掉泪。我不止一次看到，年轻的父母在商场带自己的公子或千金选生日礼品，结果发生当众同父母吵架的事。有位朋友说，他今年六十岁了，大学毕业已婚的女儿，从来没有在他的一个生日给他只言片语的祝福，虽然她年薪八十万，也没给他买过一件礼品。尽管他们之间没有感情隔阂，但他有点心寒。也经常听到有些做母亲的怨声，她病了，孩子不仅不给她做顿饭，自己还得给他做饭。也不止一次，我在小区和马路上，看到母亲没有满足孩子的要求，或者由于别的什么原因，那牙长的东西竟然拳打脚踢自己母亲，而且是那么的凶狠。我对这样的孩子很厌恶。

　　这些现象算什么？关于孩子，关于独生子女，有多少父母，就有多少父母能列举出比这更"经典"的事情来……

　　我由此想起了用"没有芬芳的花朵"这句话来形容如今的一些孩子。这是让人不能接受的现实，因为我的血液里涌动着一种传统的东西——敬老，爱人。

　　我的父母生了我们姐弟六个，我们是怎么长大的呢？姐姐带弟弟，哥哥带弟妹，是一个带一个长大的。小时候没见过面包、牛奶，常常饿肚子；十多岁前没穿过一件新衣服，穿的都是旧衣服缝补的；没有见到过零花钱，甚至口袋里连买糖的一毛钱也没有；没有过过生日，连肚子都填不饱，谁会想到你的生日……但我们这些在贫穷中长大的孩子，是那么感恩父母的养育。我们每个子女都对父母怀有感激之情。在父亲病重长达四十年、母亲生病的日子里，姐姐、哥哥和我们都通过不同方式，家里医院，熬药弄饭，给了他们无微不至的关爱。父亲虽然故去，但也是他那同样病人中高寿而走的；母亲的糖尿病在新元哥和立宏嫂的照料下，居然被控制住而不复发了。这难道正应了古人"贫寒出孝子"的言语？并不完全是，是因为贫苦中的父母传承给了我们一种美德——孝老为内涵的爱心、无私、付出。

我们不可能回到贫穷的年代，让贫穷来教育孩子珍惜什么；我们不可能生出好几个孩子来养，让他们感受有谁无谁无所谓的平常和渺小；我们不可能让他们放任成长，要给孩子房子和很多钱来体现做父母的爱心；我们不愿意让孩子受苦和受任何委屈，生怕给他们得太少太少……传统美德的断层，就这样形成了。这是一种可怕的断层。

我们的周围，没有芬芳的"花朵"，或者说缺少芬芳的"花朵"随处可见，这让人困惑和担忧。温室里的花，有没有芬芳，娇艳与否，不影响人们对美的追求与对生活的热爱，而孩子这朵花中，一些或者更多的如果没有"芬芳"，那将是美德的巨大丢失。没有芬芳的花，是人造的悲哀；没有芬芳的人，是人酿的苦酒。这苦酒，带给我们的却是冷落与失望。如今更多的父母，早已掉入这种冷落与失望中，只是面对这苦酒无奈而已。

让"花儿"回归芬芳与本色，是需要付出代价的。这个代价需要多大，时间需要多长，是我们父母自己的责任，也是社会的责任；是天下父母的担忧，更是一个民族的担忧。

第二辑 那个害羞的少年

独 舞 者

在这露天交际舞场上,在成双成对中老年舞者中,有一个独舞者,随着美妙的乐曲,兴高采烈地在独舞,舞得有点自我陶醉。独舞者是个七十多岁的老人。在跳舞的人群中,他昂着头,腰板挺得笔直笔直的,踩着音乐的节奏,双臂端着一个与舞伴相拥的文雅姿势,不论快慢舞曲,集中了全身的精气神,始终走着一种介于慢四和探戈的舞步,一副朝气蓬勃和憧憬美好的样子。这个老人在这里已独舞好几年了,好像八年前从这公园建起来,有了这露天舞场他就在这独舞了,几乎每天晚上都来,而且是从第一个舞曲起,到十点多最后一个舞曲终,大多曲子他都在舞,似乎越舞越精神,越舞越乐和。

人们在笑话他,他没有舞伴,却端着个彬彬有礼的架势,却舞得执着而热情,却一曲又一曲舞得乐不可支。他是在跟一个虚拟、无影的舞伴在跳舞。他好像不在乎别人怎么讥笑他,他跳他的,而且从不改变他的舞姿和舞的热情。这舞者是谁?他为什么白天晚上走这种一样的舞步?很显然,这舞者是位失去老伴的老人,更是个没有亲人陪伴的单身老人。他那一成不变的舞姿,也许是往日他同所爱的人经常舞的一种步子吧。这让我注意起他来。

舞,成了他每天的快乐时光和精神支柱,也让他的身体历练得像年轻人一样,精神抖擞。我为老人而高兴,也为老人而庆幸,他是多么有毅力的一个老人啊,也幸亏他迷上了舞,在没有人陪伴的孤独中，几乎风雨无阻地不放过每一天的舞。他的每个夜晚，过得是多么快乐、充实啊，这个乐呵呵的老头。

偶尔也有年老的女人与他共舞一曲，好像这是别人给他的恩赐，他总是表现出一种感恩的神情，不仅特别高兴，而且会舞得特别聚精会神。可惜，不知为什么，他很难得到固定的舞伴，也很少有人与他共舞。是嫌他老了吗，是嫌他跳得不好吗，还是嫌他什么？也许是他不乐意邀请别人，或者这露天舞场不同于室内舞场，不兴与陌生人跳舞？唉，这可怜的老人。

我每当散步到此，看到这个独舞的老人，既有种快慰的感觉，也有种悲哀的伤感。人从一出生，由妈妈呵护陪伴，由兄弟姐妹等亲人陪伴，人老了，疼爱自己的母亲永远地走了，相爱的人也永远走了，身边的亲人和伙伴们有的走了，忙的在忙着，很难有人再陪伴自己了，不知从何时起，自己就变成了一个独居者，独行者，独舞者，而且还要独到人生的最后。人生的路，真是一条越走越孤单、越走越孤寂的小道啊。在这小道上越往前走，亲人、熟人越少，陌生人越多，孤独是避也避不开的幽灵。

我的爷爷很有福气，活到七十四岁，由奶奶陪到生命的最后时刻。失去老伴的奶奶，从此落入了孤独的天地，但在我看来她并不孤独。她与儿孙们住在一个院子里，她坐在炕上的位置，正好是敞亮的窗户，她每天坐在窗户边可以看到儿孙们进进出出，也可以看到院子里的花、羊、鸡、树木。她的孤独生活，是在这窗户前看着窗外度过的。她孙儿孙女多，好像从没寂寞过。我的父亲，也是我母亲陪伴离世的。他虽然常年有病，而有病反而使别人每天得挂念他，照料他，我认为他除了承受病的折磨与痛苦外，孤独的时候很少。我的母亲是相对孤独的。父亲去世后，母亲住进了城里弟弟新朋家，但很快新朋全家搬到了兰州，母亲就一个人住了。儿子、儿媳们请求她过去住在一起，她不愿意。一套房子一个人住，房子是空旷的，人是孤独的，

寂寞的。她盼儿女们来，新元哥有空就过去陪她一会，女儿们也十天半月过去看她。尽管这样，她的大部分时间是孤独的，也是寂寞的。我常常想母亲是很孤独的，没有文化，没法阅读，眼里只有院里的楼房，屋子里的一切，那种孤独与寂寞是深度的。远方的儿子们，只好打电话给她，跟她不见面地聊聊，对此她很满足。母亲说，她不孤独。也许她的心里装着六个儿女，儿女也装着她，她感到不孤独，是她的福气吧。我们仅有一个子女的人，况且女儿今后要忙她自己的事，哪里顾得上陪你一会呢。那种身边缺少亲人的孤独，肯定是最深的孤独。我们这一代只有一个孩子的父亲母亲，我们的晚年会是极度孤独的。

独行，孤独，是人到老时不得不面对的境地，自然而然就有了独舞的老人，独行的老人，让书报陪伴的老人，让电视陪伴的老人，让夜晚的热闹陪伴的老人，有宠狗宠猫陪伴的老人……我们还年轻，我们虽不孤独，但我们应该体会这种孤独吧，爱怜这些独行的、孤独的老人吧。因为我们也会很快老的。

今晚月亮皎洁如银，却寒风凛冽，来这露天舞场跳舞的人寥寥无几。而在这仅有的几个舞者中，就有那位独舞的老人。他舞的劲头虽然没有前几日高，但仍然一曲不落地在风中跳舞。寒风把他那稀疏的头发吹得摇摆飘荡，把衣襟掀得老高，风如刀刮般难受，但他仍然在打起精神坚持跳舞。这寒冷的夜晚，对一个老人来说，可能更加孤寂了，他显然宁可忍受酷寒，也不放过这夜晚跳舞的机会，也不愿忍受夜晚的寂寞，也不放弃让自己运动的机会。

有位年过六十的大姐说，人过这个年龄，就好像生命成倒计时，很快到终点了的感觉。倒计时的规律是对的，但感觉需要调整。你知道你会活多少岁吗？也许你会活到一百岁。如果是活到九十多岁，你才是人过中年，你还有三十多年的时光，着急什么！不管是否能活到九十多岁，或更长，那都得朝这个目标努力。需要做出每一天的努力，像这位独舞的老人，每天风雨无阻地努力。用一种有益的生活方式，去驱逐寂寞和孤独，这也许是一个人走向晚年的最佳选择，也是期望长寿的途径吧。

怀念父亲

很多年来，我时常静心想自己的父亲。我的父亲到底与别人的父亲有啥不同？我感觉他同村里所有父亲一样，养儿育女、辛苦奔波，很劳苦但又很平常，平常得几乎与其他人的父亲没有多少不同的地方，甚至要从他身上寻找一些令我感动的事情，也很难。

去年，是父亲去世六周年，我想写一篇怀念他的文章，但写了一个开头，就再写不下去了，我寻不到他让我十分感动的事情。我对父亲的概念很抽象：一生辛劳，脾气不好，常年生病。他是受了苦的，但他很有成就，他养活了六个儿女，并且还让五个儿女读了书；他有令人讨厌的脾气，而且发起脾气来怒气很大；他对儿女严厉苛刻，还会打人；他从二十多岁生病到七十岁去世，常年吃药，全家人和全部的钱都围着他的病转；他受尽了病痛的折磨，也得到了母亲和儿女们的爱和温情。所以，他在我的内心，是一个矛盾的人。他是一个受苦的父亲，还是享福的父亲；是一个可爱的父亲，还是个可憎的父亲。这两种现象都在他身上表现着，他让我很难把握对他评价的准确度。父亲身上的这两重性，使我在他身上找不到让我受感动的地方，也是让我找不到写他点什么的灵感的缘故。当然，写父亲，不是为了写而

写，而是为了归结更深的思念。

长久以来，我在对父亲的认识上，之所以存在一种矛盾的心理，是因为我对他有几个方面的不理解。我不理解为什么他在那么年轻的时候，就把身体弄坏了，害得母亲和儿女们侍候了他几十年，也花去了很多医疗费，使得家里很贫穷。我总认为他的病是倔而要强导致的。他要强，表现在他内外的事情上，总不愿落在别人后头。我不理解，他的脾气为什么那么大。他的脾气很坏，不仅给他身体造成了极大损伤，也给母亲和儿女们造成了某些伤痛。他打过母亲，打过他所有的孩子，直到姐姐成为大姑娘了，还挨过他的打。他打过我很多次，直到我十八岁那年离家去远方的前一天下午，他还因干家务的事差点打我一顿。他让我们都很怕他，有时我们还有点恨他。

这两方面的情绪，一直困扰着我对父亲的感情。有时候，想起他的脾气来，想起他对我的那些厉害来，我就觉得他不如村里某某人的父亲，人家很少打骂孩子，也很少对孩子发火，觉得自己的父亲不好。至于他吃的苦，生病，在很长时间里，我感到这不算什么。他们那个年代的人，都是把苦吃到老的，有的人甚至比他还命苦。我怎么理解和接受父亲的要强和脾气？尽管他已离开我们七年了，我感到接受他的那两方面，在我不理解的地方，是我准确认识父亲，准确评价父亲的关键。

于是，我用了很长一段时间，静心地回想起了父亲。

父亲的经历是铁路工人、生产队长、农业合作社社员。他是五十年代农村搞包产到户时，被爷爷奶奶从铁路上叫回来的，说家里的地没人种，你得回来种地，不然你生下的几个孩子，谁来养？他当时在嘉峪关到兰州的铁路上当班长，正式工，已经有我姐、哥和我三个孩子了。辞职回来时，他带回很多奖状，说明他是个优秀铁路职工。他从铁路上辞职回家，也许是他的错误，等待他的是辛劳而痛苦的生活。父亲辞工归田回来没几年，就赶上了全国三年自然灾害，没有收成，没有经济来源，全家生活陷入了困境。好多人家拖儿带女逃荒去了，我爷爷奶奶、父母亲和我们姐哥三个，全家六口人，只有菜，没有粮，要活下去，要么逃荒，要么把菜换成粮食。

到哪里用菜换粮去？得去大进和土门子，还有太平滩。那里种粮食，但缺菜，爷爷有结交的熟人，他要带父亲以菜换粮。大进和土门子在离武威东一百多公里的古浪县，太平滩在武威西六十多公里的地方。怎么去？那时没有架子车，更坐不起汽车和火车，得双肩担子挑菜。每担子菜也得一百多斤，要把这一百多斤的菜用肩挑到一百多公里的地方，再把用菜换回的粮食从那么远的地方挑回来，那要不是一副铁肩，是走不了几里路的，准会被担子压得趴下。这样的强苦劳力活，对今天的年轻人来说是不可想象的事情，也是不可能做到的事情，但我爷爷带着我父亲出门了，挑着那比自己身体还要重的菜担，风雨兼程地出门了。

那时的父亲不到二十岁，个小，身体很弱，力气又小，加上沉重的挑担，走不快，而且挑不了多远就得歇一歇。爷爷那时是汉子，有挑夫的力气和技巧，走得快，很少歇，他总嫌父亲走得慢，跟不上就斥骂他。挑着百十斤担子，来回长途跋涉三百多公里，跑一趟，累得父亲很长时间缓不过劲来，脾气也变得越来越坏了，母亲和孩子们从此便遭受他脾气的罪了。

灾荒年月，粮食比人命值钱，人比什么都不值钱。到了1960年，村里村外饿死的人越来越多了，有粮就能活命，没粮就会被饿死。面临饥饿和逃荒，面临死亡，也为了不让全家老少流离失所，这很重的责任，不得不让爷爷和父亲，跑远乡跑得越来越勤了。他们有巨大的压力，他们的肩上，挑的是全家六口人的嘴，是全家人的命。尤其是父亲，已有三个孩子，最大的才六岁，老二才四岁，老三的我才刚出生，都是张口吃饭的，给他帮不上一点忙。有人指责父母说，你们孩子要得太多，养活得了吗？灾荒越来越严重，生小孩多的人家面临着

饿死，村里和城里已有卖小孩的了。到了1961年，也就是我三岁的时候，生活越来越困难了，远乡的粮食也很难换回来了，家里常常几个月没有一粒粮，靠煮菜根充饥，除了我吃我妈的奶，没有浮肿外，其他人都浮肿了。母亲说，如果家里再没有粮食，都得饿死。有人找父母说，眼看都得饿死，卖掉两个孩子吧，这样全家都能活！但父亲和母亲坚决不肯。父亲同母亲说，要死与孩子死一块。饿死也不卖孩子！父亲和爷爷拖着浮肿瘦弱的身体，挑上菜担，又走远乡换粮去了。

那一次，父亲和爷爷挑着菜去了古浪换粮食，不料半路上天下起大雨，躲又没处躲，在冷饿交加中，挑着沉重的担子，一连在大雨中走了好几个小时，浑身发冷，咳嗽不止，好不容易赶到一家客栈，结果客栈里满是烟，他的咳嗽更厉害了。父亲忍着发烧引起的重度咳嗽，把菜换回了粮食，而人却一病不起，咳嗽也越来越重。那时没钱看病，父亲进不起医院。后来病重得不得不去医院了，医生却说，他得了支气管炎和肺气肿病，不好治了。这之后，他吃了多少药也没有管用，直到七十岁去世，他的咳嗽和气喘，一天也没有停过。

父亲和爷爷的担子，挑过了难渡的三年灾害难关，保住了全家人的生命，但家里仍然极度贫困，养家糊口的责任还是很重。为了孩子们，父亲拖着病体，在田里不停地劳作。眼看玉萍姐和新元哥已到上学的年龄，但田里需要帮手，家里需要劳力，村里绝大多数孩子都下地务农了，是让他们读书还是务农？这是个沉重的选择，田里太需要帮手了，多一个人干活，就会减轻一份家庭的负担，但父母最终还是选择了让孩子们上学。这时候，家里又陆续添了妹妹玉花和弟弟新程、新朋。父亲说，我宁永龙没有读书，是个睁眼瞎子，不能让我的孩子成为睁眼瞎子。父母亲把姐姐、哥哥送到了学校。

如果父亲的身体仅仅是气管炎咳嗽，生活在这样贫穷的日子里往前走，那么父亲的命运将会很好，我们的日子也会慢慢过得好点。

但苦难又一次打击了他。在父亲三十多岁的时候，有一天，他在生产队起肥碰破了手，晚上就高烧而不省人事了。以为是感冒了，吃了很多感冒药都不管用，而且人抽得厉害、手脚麻木，眼也斜了，嘴也歪了，送到医院，诊断是破伤风病。这巨大的灾难，让父亲每天以药相伴，好几年不能下地干重活了。从此家里的卖菜钱、卖鸡蛋钱都成了父亲的药费，经济负担十分沉重。姐姐玉萍只好停学，下地干活了。我从八岁起就背起了菜筐，卖菜，赚钱，养家，弟弟、妹妹也从很小就卖起了菜。

父亲的气管炎咳嗽加破伤风病，病重时，咳嗽得喘不过气来，全身麻木得没有知觉，而且进一次医院，就得很多钱。看病没钱，上学更没钱。哥哥在上学，我在上学，妹妹在上学，两个弟弟也在上学，父母既要养活我们，又要给我们供书，父母的负担极其重。药费得向人借，学费也得向人借。家里穷得连外人都看不过眼了："日子都过不下去了，让孩子读哪门子书啊！" 1970年前后的那些年，"让孩子读不读书"的事情，因生活的贫穷，又一次让父母来抉择我们的命运。父亲说，我虽有重病，但还可以下地干活，生活再苦，也得把孩子们的学供下去。就这样，父亲的病还很重，就下地干活了，母亲更是出门下地，进门操持家务、侍候重病的父亲，十分艰辛地支撑着这个家。

大病是拖垮一个家的魔鬼。我们家将来会怎么样，父母很担心。没有钱，父亲不能进县城医院，只能在公社卫生院看病。当时是合作医疗，治不了父亲这样大的病，但父亲也只有这个选择。大夫对父亲说，如果有钱，住到县医院做细致治疗，你的破伤风病后遗症就会治好。住院的钱，对当时的父亲来说，是天文数字，他是不敢想的。公社卫生院有个年轻女医生，姓王，她给父亲治病很用心，也很有效果。王大夫三十多了，生不了孩子，她喜欢弟弟新朋。有一天，王大夫找父亲说，你的病这么重，得需要很多钱治病；你六个孩子，拖累

太大，把你最小的儿子新朋给我做儿子吧？我可以给你笔钱。起初，父亲没当回事，没想到王大夫一心想要小弟，父亲和母亲感到很痛苦。王大夫给他治病这么用心，治病的医疗费她给垫付，这正在治疗的关键时候，提出这样一个要求，如何是好？为难得母亲哭了一场又一场。她舍不得孩子给人，更害怕拒绝了王大夫的一片好意，得罪了人家，欠下的医疗费怎么办，到哪里去治病呢？父亲说，医疗费我借钱还上，就是不治病也不把孩子给人。穷死，也要与孩子死在一块儿！父亲很快借了钱，还上了王大夫垫的医疗费，从此很少去公社卫生院看病了。好在父亲的病再没有发展，虽穷困但有父母每天的挣扎，有姐姐的辛劳，日子在往前面走着，我们也在长大。贫困的日子，直到1976年，新元哥高中毕业回乡挣工分起，才有了明显改变。从此，我们家的生活好起来了。我们兄弟五个，都读到了高中毕业。

想来，父亲是有智慧、有毅力的。在最困难的时候，没有放弃孩子，没有放弃让孩子读书。后来，新元考上了干部，我在部队提了干调到了北京，新朋建筑学院毕业后从事建筑行业，新程务农，全家的日子好起来了；姐姐和妹妹，每人生两个儿子，而且也抱上了孙子，生活过得不错。这也是父亲生前看到了的，他享受到了儿女的幸福，他对此很欣慰。

我的父母在那艰难贫困的年月里，生了我们姐弟六个孩子，他们像老鹰护小鸡一样，不仅把我们养大成人，也把我们呵护培养成有文化的人，实在是不容易的事情。

我悉心回想了我的父亲。我想，我的父亲所受的苦，所遇到的痛苦、磨难、委屈，肯定不止这些。我所知道的父亲，我所了解的父亲的这些，应该只是他艰难人生中的轮廓而已。他没有给我们讲过更多的苦难，母亲也不愿讲，在他们来说这样的苦难，好像很正常。但我在静心回想父亲的过程中，我被父亲感动了，也与父亲在某些方面"和解"了。我反过来想，我要是父亲，我要是二十岁正是风华正茂的年龄，从一个工人成了农民，从一个青年变成了几个孩子的父亲，从贫穷走向了饥饿，从健康落入了病痛，而且孩子妻子生死存亡的责任在灾难面前一下子压到了我的肩上，我能不要强吗？能不恼火吗？能没有脾气吗？要是我跟父亲一样，心中肯定有更多吐不出来的苦水，有发不尽的脾气。这样一想，我深深理解了父亲的倔犟和要强，理解了父亲的脾气。他的倔犟、要强和脾气，是生活逼迫的。他是位爱心很浓的父亲，是位有极强责任感的父亲，是位有智慧的父亲，是位坚强的父亲，是位了不起的父亲。

我长久以来之所以对我父亲抱有一种矛盾的认识，是因为我犯了一种人的通病：轻视了父母的付出和给予；忘记了他们给我们的那么多爱，却牢牢记住了他们对我们的很小的不好。我的父亲，是非常优秀的父亲。我永远而深深地爱我的父亲。

| 嫁到西乡的姐姐 |

转眼间，金生姐夫已经去世近二十年了。我们相见的最后一面是1989年的春节，那年我被授予上尉军官军衔，是带着一种前途似锦、衣锦还乡的兴奋感回家的。姐夫听说我回来，与姐姐一道早早地在我家等候了。早就听说姐夫有病，得的是肝病，而且还住过几次院，我总以为他的病没多么重，也就没很在意，但看上去他很虚弱。姐夫性格好，对人一向笑嘻嘻的，虽然有病，但我想都没有想过姐夫会有什么事。而实际上姐夫却病得很重了，肝硬化已到晚期。第二年，姐夫

去世了，那年他三十四岁。他的身后，扔下的是三十岁的姐姐和几个孩子，还有一贫如洗的几间没有盖好的房子和几亩地。

姐夫在我们的心中是无比亲切、和蔼的兄长，而且长得高挑英俊，有一对好看的虎牙，算十里八乡的美男子。他唯一的喜好是喝酒——这不单是他的喜好，也是他的父亲，他们村上所有的男人的喜好。整个冬天，喜好喝酒的人，把一桶桶劣质高度酒买回来放在家里，等待夜晚的到来。我姐夫和姐夫的父亲，一年中的大半时间在与村里村外的人喝酒，这是他们的娱乐和业余精神生活，也是他肝病的成因。但他的脾气很好，他除了酒后偶尔耍一点酒疯外，在他与姐姐生活的十多年里，我没有看到他对她发过脾气，也没有听姐姐说他们吵过架，更没有给我们发过脾气。但他每天都是非常辛苦的，除了种地外，还要在村里的砖瓦窑打砖坯。我家在县城边，种菜是主业，是全县少有的在地里挖锹把深，就能见水的地方；姐夫家在县城的西边的黄土坡上，我们叫那个地方为西乡里，产粮食，但是缺水、贫困，吃口饭、活人是件很吃力的事。

这么个贫苦的地方，我的姐姐又是长在城边上的姑娘，为什么嫁到这远乡去了？我姐姐是六个兄弟姐妹中的老大，当时我家很穷，地里种菜不种粮，全家的供应粮不够吃。正巧，媒人带着我姐夫到我家提亲，见面礼是一口袋粮食。尽管我家缺粮，也尽管我姐夫长得有"人样"，但父母清楚，西乡里是个苦地方，穷地方，父亲对这门亲事断然拒绝了。媒人的嘴能说会道，说未来女婿如何好，结了亲你家粮不缺不说，而且盖房子砖瓦也不缺……那时我家缺的正是粮和盖房子的砖头，而我的父母仍然没有动心。

我姐姐见过我姐夫几次，是来家里相亲的时候，她也偶然见到了未来的婆婆，而姐姐从来没有表现出拒绝这门亲事的态度。尽管这样，这门亲事仍僵持了很长一段时间。后来，媒人软硬兼施地催促，再加上姐姐本人没意见，父母就答应了这门亲事。我和哥哥都不同意姐姐嫁到那个穷地方，但还在没有定亲的时候，我陪姐姐到墙弯里割韭黄给来家的姐夫做饭吃，看到姐姐背地里的表情挺喜悦的。我说你真想嫁给他啊？她不吱声，表明她乐意。我为此还跟她吵了架。很快，姐姐嫁过去了。我们虽然感到很不满意，但又想，姐姐没有读过书，人长得又矮又瘦，不漂亮，不嫁苦人家还能嫁谁家呢？这也许就是她和金生姐夫的缘分，也是她的宿命呢。

西乡里那个地方，条件当然是很苦的。最苦的活是生产队砖瓦窑的活，姐夫和他弟弟是窑上的壮劳力。他们和大堆的泥打砖瓦坯，每天要打一堵墙高的砖瓦坯。这是极度苦累的力气活，我姐夫每天除了要打一堵墙的砖瓦坯，还要把砖坯送到窑里。过去是他和他弟弟打，我姐姐过门后，给他们当下手，姐姐累得泥人似的。还有最苦的活是种庄稼。生产队地多，我姐夫家自留地多，犁地得肩扛手拉，人得当牛马做活。这么苦的活，我姐姐哪里干过。但我姐姐却不仅每天在干，而且还要侍候姐夫、公婆和一个又一个出生的孩子。

姐姐虽然是城边上长大的姑娘，虽然从小到大都在干活，但我从来没有见到过她干这么苦的活。有一次，我在去姐姐家的路上，看到姐姐拉着满满一架子车砖头，高得像小山一样，后面有个人不太出力地推着，往很远的城里送。那是坡路，姐姐矮瘦的身子驾着车辕，干瘦的脸庞憋得紫红，豆子大的汗珠雨点似的往地上掉，缓缓地前行着，像纤夫似的。姐姐见到我，把车靠在了路边，难为情地对我说："你先到家里去，我送完砖一会就回来。"姐姐已经是两个孩子的母亲了，还在干如此牲口才能干得动的活，我背过身子，就掉起了眼泪。其实，这样的超出她体力的苦活，她每天都在干。因为姐夫已经从生产队的砖窑厂调到大队开拖拉机去了，生产队每天要每家出一个壮劳力，如犁地、收割、打砖坯、往城里拉砖等重活，家里只能是姐姐去了。

嫁过去的姐姐终日都在忙，忙地里的活，忙家里孩子老人，还要

忙养的猪、鸡、羊，好不容易回趟娘家，也只是匆匆来匆匆走，赶集似的。当然，也如媒人说的那样，姐姐家经常给我们家接济粮食，姐夫也经常给我们家捎来煤。那十多年，是我们家比较困难的时期，姐夫家的帮助，解决了我们家的大困难。

姐夫去世后，几个孩子及整个家扔给了姐姐。这个家没有积蓄，只有债务，姐姐比以往更苦更累了，新元哥只好时常拿出工资帮助贫困的姐姐生活，甚至管上了孩子们的学费、看病、外出打工等事情，才使姐姐渐渐摆脱了生活的困境。

姐姐年龄不算大，好心人给她提亲，都被她拒绝了。父母亲和弟弟劝她，你才三十多岁，再不嫁个人，今后的日子怎么过呀！当别人每次提起改嫁的事，她都要伤心地哭一场。三年前，我把姐姐和母亲接到北京家里，我提起了给她找个丈夫的事。提起这事，她又哭了，再提又哭了。起初，我们以为她哭，是生活苦累勾起心酸的缘故，而后来让人感觉不全是这个原因，而是她对姐夫的怀念，触及了她坚守对姐夫的一种感情的忠贞上。如此这样，从此以后，全家人谁也不敢再在她面前提改嫁的事了。

近二十年过去了，在新元和我们父母的帮助下，姐姐拉扯着几个孩子，她给他们供了书，女儿嫁了人家，给两个儿子娶了媳妇，而且分别有了两个孙子，当上奶奶了。这二十年，姐姐吃了多少苦，那是说不清的。

姐姐守寡近二十年了，已到五十多岁年龄。作为农村女人，再嫁人的可能性不大了。如今她儿孙满堂，活得越来越快乐了。这让我觉得，她嫁到西乡里，对她来说也未必是坏事。尽管她嫁给了贫穷，也吃尽了姐妹中没有吃过的苦，但她嫁给了她喜欢的一个男人，也嫁给了喜欢她的一个男人，所以姐姐至今守寡而不嫁呢。

那个害羞的少年

我十七八岁的时候,最不情愿、最为烦恼的事情,就是去城里卖菜,这并不全是因为卖菜是件苦差事。卖菜的确是件苦差事,卖得快点,就能很快回家,不好卖或卖不掉,得熬到天黑才能回家,否则是无法给父亲交代的;卖得快点,必然得卖得便宜才行,卖便宜了回家没法给父亲交代。因而常常一天也吃不上饭,只能吃自带的馒头烧饼喝自来水而已。尽管这是件很苦的事情,但也不是我为此而最不情愿和最烦恼的原因。让我最痛苦的是怕碰到两件事,一件是怕遇到城里的女同学,一件是怕遇到"市管会"胳膊戴红袖箍的人。20世纪七八十年代以前,老家那个地方,是城里人乡下人相当分明的时代。我是个乡里人,但又在城里读书,班里女同学都是城里人,班里乡下人仅此一二。遇到这两个情况,对我来说是非常伤面子、伤自尊的事情。

怕遇到女同学,是因为那时的城里人比乡里人显得绝对优越、高贵,城里人吃国家供应粮、拿工资;乡里人,土里扒食,拿菜换钱,这就让乡里人比城里人低了一等,城里人完全看不起乡里人。怕遇到"市管会"的人,是因为那时全社会大兴"割资产阶级尾巴",政府不容许农民进城摆摊卖菜,上街卖菜是受打击的对象。轻者,没收菜,要不然就把你圈到一个地方给你办学习班接受教育批判。这两种情况都是折磨人内心的。

我家是城郊,种菜为主,自留地里种的茄子、黄瓜、韭菜、白菜、菠菜、辣椒、芹菜、西红柿,那是从春天要卖到冬天的。菜到旺

季，一天得卖两三种菜，否则菜就会烂在地里。我从八九岁就开始卖菜了。起初是父亲带我卖，后来就让我一个人卖，直到上一天学卖一天菜的状况。家里不是没有比我大的人，还有母亲、哥哥、姐姐，他们都是可以卖菜的，但最终卖菜的事还是推给了我。这是因为父亲是生产队长，忙队里的事又是家里挣工分的主劳力不说，还有"割资产阶级尾巴"这一条，他不能卖菜；母亲、姐姐不识字，卖菜不会算账，父亲认为这事他们干不了；哥哥可以卖菜，也能吃苦，是最佳人选，父母让他去卖菜，但他一次也没卖过菜，是他抗拒了父亲让他卖菜的逼迫。其缘故也是因为卖菜害羞，尤其让女同学看见。当然我也极力抗拒过卖菜的活，而且多次抗拒过父母亲的逼迫，但没用。我是孩子中老三，说大又不大，说小又不小，比我大的哥可以对抗父母，父母拿他没辙，我就不同了，我要对抗，就得挨打。再则，那时家里人口多，我后面还有一个妹妹和两个弟弟都要上学，生活很困难。哥哥在读中学，还要接着读高中、大学，要缴学费，每周要拿生活费，父母把全家未来兴旺的希望又放在了他身上，且他的功课确实耽误不得，他拒绝卖菜这种活是很正常的事情。我尽管在读小学，在生活困难的现实中，在父母眼里的轻重程度上，我是跟哥哥没法比的，父母让我去卖菜，我别无选择。当然，卖菜也有让我高兴的地方，那就是口袋里的零花钱比兄弟姐妹们多，且会源源不断，这使得我有时还很乐意。自从八九岁为家里卖上菜后，我为我们家卖了长达十年的菜，直到我十八岁离开家结束。

  卖菜怕遇到女同学，那是上高中以后的事。我的小学和初中是在农村上的，女同学都和我一样都是乡下人，感觉无所谓。高中到城里上学，大街小巷都会碰到女同学，我拉着菜车在街上走，好像有哪个女同学看到似的，浑身犹如针刺火烧般难受，每次进城卖菜，很难为情。当然有让女同学看到的时候。有一次，我到县城南关十字口去卖西红柿，我心里直打鼓，生怕碰到班里的一位女同学，因为她们家就住在这街口。果不其然,那位女同学提个菜篮来买菜了,而且朝我的西红柿筐走了过来,我正在给买我菜的人称西红柿,眼看就要走近我的菜筐了,我便扔下手里的秤和买菜的人,赶紧躲到了身后的商店。这莫名其妙的举动,让那个买菜的人吃一惊,直追我喊:"怎么了,怎么了!"我也不回答她。那女同学没看到这一幕,到我菜筐里挑西红柿,挑好西红柿发现没摊主,便大声呼喊:"这是谁的西红柿,这是谁的,人呢?!"那个没买到菜的人向那女同学指着商店说,他钻到商店去了!那女同学挑了几个又红又大的西红柿,着急地朝商店边张望边喊:"喂——卖菜的,人呢,没人我拿走了!"她那尖厉的喊叫声,简直像喊贼似的,吓得我脸发烧,腿都发软了。我多么希望她别喊叫,把西红柿白拿走算了。我生怕她追到商店里来找我,我便躲到了商店的角落里。谢天谢地,她没有进商店找我,而是不高兴地扔下西红柿走了。我看她在别人的摊上买了西红柿,走远了,这才回到了我的菜摊上。女同学的出现,虽然让我少卖了好几个人,但我很高兴,庆幸自己躲过了让女同学见到我卖菜的羞涩和尴尬。

还有一次,我拉一车白菜去县城卖,是自家地里产下的鲜嫩的白菜。父亲交代,每斤白菜必须卖一毛钱。父亲知道菜市的行情,也知道这车菜大体有多少斤,如若卖贱了,那是会发脾气的。刚进城,我的全车菜就被一位大妈要了,九分钱一斤,她让我给她拉到她家。我进了这个巷子,就有点紧张,因为我一位女同学的家就在这个巷子里。

我跟着大妈进了一个小院子,正巧迎面走来的就是我生怕见着的女同学。她是我座位后面的"小丽人",粉红的脸,脸上两个小酒窝,一脸的甜蜜相。她的那种漂亮,是让男生多看一眼会害臊的漂亮。我俩都一愣,我不知道对她说什么好,我既是羞,也是难为情,恨不能脚下有个洞钻进去。大妈对女同学说,帮着称菜吧,我买了一车菜。女同学红着脸,帮我推车、卸菜,把秤递给了我,我的脸红得

感觉燃烧起来了。我怎么好意思把菜卖给女同学家呢，我把秤扔到一边，对她母亲说，这车菜我不要钱了，送给你们吧。她母亲不知道怎么回事，说你脑子有问题啊，这么一大车菜，白送我，为什么？我指着她女儿说，我们是同学。她妈问她女儿，你们班还有乡里的啊？这话让我更无地自容了。我快速卸完菜，拉车就要走。她妈不干：同学归同学，菜归菜，称完菜、付了钱再走！我一再说算了，她妈塞过来七块钱，我本来是执意不拿钱的，但想到这么一车菜没卖到钱，回家给父亲交不了账，红着脸只好收下了。我看着女同学那张同样羞红了的脸，我的心羞愧极了，从那以后的很长时间，我十二分地憎恨我是乡下人的出身和处境。

让我产生憎恨我是乡下人的，不仅仅是卖菜让我在女同学面前产生的难为情和羞涩感，还有"市管会"的那帮人。什么叫"市管会"？就是"文革"期间为了"割资产阶级尾巴"，针对农民卖菜成立的"市场管理委员会"。他们的任务是，打击农民摆摊卖菜，把农民摆摊的菜收缴到国营菜店。"市管会"的人好像都是街上逛荡的痞子，对人凶神恶煞的。

我的菜，不知多少次让"市管会"的人抢走过，没收过，也办过学习班批判过我。但让我怎么也忘不了有一次的遭遇。那是1975年3月，天还很冷，我父亲在家门前向阳处的墙弯里起早贪黑侍弄了一片春韭黄，割了一筐，让我背到城里去卖。在当时没有温室而且寒冷的初春，这春韭黄是很金贵的，父亲盼望这筐春韭黄卖个好价钱。他叮嘱我，每斤少了三毛钱，不卖！按照他称的数量，这筐十斤多的韭菜黄，应当卖三块多钱。父亲在盼这三块多钱急用呢。我把韭菜筐背到了城里。当我把韭菜筐刚放到一个巷口，正解筐的时候，一个戴"红袖箍"的人出现了。他是"市管会"的，他首先抢走了我的秤，恶狠狠地对我说："你的菜收缴了，跟我来！"我急了，急得哭了。我给他说了一堆好话，也无济于事。他提着我的秤，我背着菜筐，想跑也跑不了，只好跟他去了。

去的是蔬菜商店，公家的，他让商店的人把我的韭菜筐往一个大板秤上一放，说称了七斤！我说是十二斤，我爹称过的！他说，这是公家的秤，公家的秤能骗人吗？！我被他的吼叫声吓愣了，大气都不敢出了，生怕戴"红袖箍"的动怒，把我带到"市管会"挨批判。

他们是按"公家"的价格收缴的，每斤一毛钱，七斤给了七毛钱。我傻了，这么稀罕而金贵的一筐春韭黄，居然卖了七毛钱！这帮人简直就是强盗，我怎么回家给父亲交代呀。从收缴了韭菜的那时起，我觉得我的天塌下来了，痛苦和恐惧到了极点。我不知道我是怎么走回家的，但我只记得父亲的恼怒和对我的责骂。那种恼怒和责骂，是相当粗暴的。

…………

这都是三十多年前的事了，我把它说成是"害羞"的事，是由于它不是伤害我多深的事，却是相当伤我自尊的事情。但来自这些方面所有的害羞也罢，伤害也罢，就因为我是乡里人。在中国改革开放前的乡里人，人人都会在城里人面前自愧，人人都有可能被城里人伤害，哪怕一句话。

没想到若干年后，我不仅变成了城里人，而且成了全学校至少那个年级唯一有北京户口的人。城里的同学高看我，家乡的人羡慕我，但我从来没有因为我成了北京人而得意，也没有把县城的同学看成北京的"乡下人"。潜意识里，我仍然是个乡下人，农村人。人怎么可以以户口论高低呢，这是多么愚蠢的观念啊。我承认，这是我保持的一份朴实和美德。我得感谢我的城里的女同学，也感谢戴"红袖箍"的人，让我成了城里人后，始终十二分地看得起乡下人。

那位西客站打工的父亲

去北京西站接人,我被一个头发脏乱、满脸污垢的汉子拦住了去路。他身穿黄色破大衣,手提锈迹斑驳的便携式推车,在阴冷的风中向我恳求道:能为你推行李吗?

看他尴尬的笑里透着的真诚和善良,让我想起了我乡下兄弟那张被风雪雕刻了的脸。在这除夕将至的夜晚,我想,任何一个善良的人,没有理由给这样一个堆满笑脸的人难堪。我答应了他的恳求。我们谈价钱。他说把你的行李拉出站,给十块行吗?我说行。他嘱咐我:如果有人要问你给了我几块钱,你可别说给了我十块,就说给了我五块!我说好。他对我的爽快显得很感激。

他高兴而友好地说,车要到站还有近一小时,站着累,我带你去个地方坐会儿吧。他把我带到西客站的地下一层,阴风飕飕。他说这是我晚上睡觉的地方,你在这儿歇会儿吧。我说,这又冷又硬的水泥地,怎么坐呀!他显得有点尴尬和无奈地说,也只能在这儿了。

我带他去了不远处的一家快餐店。他说,我进不去,他们不让我这样的人进。我说你吃饭没有?他说我今天还没有吃饭。我说我请你吃饭,他们不就让你进店了?他喜悦地跟我进了快餐店。我要给他买面和饺子,他说他刚刚喝了酒,胃里很难受,吃不下饭。我说你的生活不错呀,还有酒喝。我给他买了瓶"营养奶",他满眼感激地接了过去,大口喝起来。

说一天没吃饭但又喝了酒,我对他的善良和朴实,产生了某些疑惑。

我问他，明明你挣了十块钱，为什么让我跟别人撒谎，要说成挣了五块呢？他说我这推行李的推车是租"租头"的，得缴"份钱"。不管挣多少，要缴他一半。要少缴点，多挣点，那得跟客人说好，若让他知道不缴或少缴了，那会倒霉的。我和同伴今天缴钱及时，他慰劳了我们一缸子"二锅头"，每人半个梨。足有三两多酒，喝下就晕了。我说空腹喝酒很伤胃的。他说，我给他缴了份钱，这白给的酒，虽然三块钱一斤，但不喝白不喝。他脸上表现出占了便宜很得意的一种快感。

这都大年三十了，你怎么不着急回家过年？他说，我家在河北邢台农村，四个小时路程，但今年不回家过年了，挣钱吧。我没告诉家里人我在西客站打工。老婆打电话说，钱挣多少才够？回来过年吧！我说挣钱吧，不回了。老婆没再说啥。她能说啥？上大学的女儿、上高中的儿子都是花钱的"主"，年后开学，都得要钱。养两个学生开支大，我为钱感到烦恼。在北京大学上学的女儿，成天闹着要手机，要电脑；儿子也成天闹着要电脑，要手机，再不给他买好像就要不认爹了。钱从哪里来？过年前，我在北京工地上打工，快过年了，工地放假，我没回家，就地跑到了西客站打工，每天能挣三四十元。到正月十五女儿、儿子开学前，学费也就挣得差不多了，做父亲的，是为儿女幸福活着的，受这点苦，算得了什么！所以我从来没告诉过他们我在北京西客站打工，我说我是工地的电焊工。那天放假，我女儿和北京大学的同学从西客站回家，我正在推行李，幸亏我躲得及时，要不，差一点被她"撞"上。我不能让她知道我在西客站推行李打工，女儿是要"面子"的，她要知道父亲挣钱这么辛苦，还能舍得花吗？

我说你为国家培养了一个名牌大学的学生，很了不起，很有成就。他说她书还没有读出来，很难说什么成就。

从我进站等车到接人出站的两个多小时里，他只"做"成了我这一单生意，挣了十块钱。眼看就到晚上了，"年"真正就要到了，西

客站的旅客越来越少了。我说你还能拉到生意挣到钱吗？他说碰运气吧，过节期间还是有客人的，应该还能挣到钱的。我看他挣钱信心那么坚定，心里尽是儿子女儿，眼泪在眼眶里直打转。我付给了他一百元辛苦费，我说，你这个父亲做得太优秀了，我敬重你。

| 萍　　子 |

　　回想起我自从懂事后，在我活到四十多岁的现在，我感到我很少做过什么坏事，也就是没有做过有损于国、故意伤害过人的事。唯有一件事情，我觉得伤害了一个人，那便是萍子，我们村的一位姑娘。

　　萍子是村里姚秀才的女儿，那时十七八岁，长得白白净净，胖乎乎的，一笑脸上两个酒窝。她是个活泼的姑娘，也是个可怜的孩子，母亲在她幼年时去世，跟父亲生活，很小就下地劳动了，我们都叫她"地主的姑娘"。她的父亲姚秀才是清末的秀才，民国时期在政府里做一点事情，置了一点地，因而新中国成立后被定成地主成分。那个年代，地主就是阶级敌人，萍子的父亲时常被拉到集会上揪斗，让她父亲劳动改造的事情是拾粪，日复一日，年复一年的拾粪。她爸写一手好毛笔字，我父亲时常要给新疆的叔叔写信，就趁他在村外拾粪的时候，偷偷地找他写信。我爸心里很尊重他，她爸很乐意为我爸代笔效劳。我对漂亮的萍子和她爸姚秀才很有好感。我每当看到她父亲挑着臭气熏天的大粪担子，进出她们家的院子，总有种说不出的难受和羞愧，心想她的父亲那么有文化却还要拾粪，她长得那么好看又受到歧视,她那么小不能读书却得下地劳动,她的童年和少年没有玩伴,她也没有得到起码的童年和少年的快乐,我感到这是不应该的事情。

"文化大革命"搞得最热火的时候,是她父亲受到村人打骂最多的时候,也是她遭受欺凌最多的时候。有一次,一个大人,也就是贫下中农社员在地里训斥萍子,嫌她干活慢,骂她的话很难听,萍子掉着眼泪,但大气也不敢出。我很同情她,我想护着她,而大人却对我说,她是地主的姑娘,你是贫农的孩子,你不能替她说话,你小心站错了"阶级立场"。那位大人的话,把我吓出了一身汗。那个年代,是要抓"阶级斗争"的,谁要同情"地富反坏右",谁就会倒霉;谁越恨,骂他们越凶,甚至能下得了毒手打这些人,谁就是跟"地富反坏右"划清界限最彻底的人,也是大会常受表扬的人。

那时,城市都在搞武斗,也波及农村,人打人,人打死人,成了经常见到的事。那一次全公社搞批斗会,让"地富反坏右"分子站了几公里的马路,每人头顶别人的屁股"喷气式"站立,萍子的爸也在其中。打人的是民兵和积极分子,他们拿的是铜头皮带、三角皮带和钢鞭。这些打具,在这些激情青年的手里,那可是一鞭下去要皮开肉绽的。她爸个头高,弯不下腰,结果被一民兵的钢鞭抽下去,立刻被打倒在地上起不来了。萍子站在远处看她爸被钢鞭抽倒了,"哇"的一声吓得捂住了眼睛。她的父亲被打昏过去了,萍子和她的亲戚把她的父亲用架子车拉回了家。那一天,现场打死了十几个"地富反坏右分子",萍子的爸幸亏运气好,只是抽伤了筋骨,没有被要了命。武斗的场面越来越多,我和伙伴们都被光荣吸收为"红小兵"了,让我们参加批斗会,红卫兵教我们怎么打人,我当革命小将,我们被这种凶杀的气氛熏陶得也想打人了。可是打谁呢?总不能打贫下中农吧。我的伙伴说,打地主家吧,向地主家开火!那个晚上,我们向几个地主家的院子里扔土皮,但我没朝萍子家扔。

向地主家院子里扔石块土皮，成了我们每天晚上的娱乐活动。萍子家住在一棵大古树旁的院子里，伙伴们藏在树后，轮番朝她家扔土块和石头。我不扔，他们问我为什么不扔？我说萍子那么小，她爸那么老，父女挺可怜的，我们就别欺负他们了。我的话刚落，张家的孩子朝我就是一拳头，并厉声说，看来你跟地主分子穿上一条裤子了，要不就是你看上姚秀才的姑娘了，快去当地主的女婿吧！

他给我递过石头让我往萍子家扔，张家的孩子比我大，我打不过他，我只能听他的。连续好几天，我被他强迫着往萍子家扔土块，扔石头。我每晚都盼望她不要出门，以免被不知什么时候飞过来的土块打准。有一晚，我们扔完东家扔西家，伙伴指挥我们向她家突然袭击，也许是我，也许是别人扔过去的土块，正巧打准了萍子。只听她一声号叫，大哭。她被打中了，伙伴们迎着哭声狂笑。我吓坏了，难道是我扔的土块打准了她吗？我想知道打伤了什么地方，要不要紧。我的心揪到了嗓子眼，但我是没有胆量去看她伤成什么样的。我很害怕，也很难受。我的一位伙伴劝我，害怕个球，她是地主的姑娘，是人民的敌人，打死她也活该！他的话尽管野蛮，似乎给我卸了一些惧怕和不安。

我和伙伴扔过去的那些土皮，究竟打到了萍子什么地方，只是听说她好些日子没下地干活了，想必伤得不轻。而只因为她是地主的姑娘，没人公开说她的伤，也没有人谴责我们和追究我们的责任。但我心里一直很内疚，那一块土皮，一定是伤害她最重的东西。

萍子虽然遭受着父亲带给她的灾难，她却比村里其他女孩子显得坚强。她有甜甜的笑，那是偶尔的；她有白里透红的脸蛋，比其他农村姑娘漂亮；她很勤快，脏活累活总不惜力；她做一手好饭，据说她的面条、饺子做得很诱人；她很聪明，会打毛衣会缝衣服，可就是因为她家成分不好不能上学。在当时村里所有的姑娘中，在我看来，她是最健康，最有气质，最为漂亮的姑娘。我曾想，谁要是娶上她做媳妇，那是很幸福的事情。可是，由于她是地主的姑娘，那年她已经二十五六岁了，也没人敢娶她。正巧，同村里还有一家郭姓地主的好几个儿子都打光棍，老大已经三十多岁了，没人愿意嫁给他。有好心人去找萍子父亲提亲，父女都同意了，不出一个月，男方催促，匆匆办了婚事。虽然是地主的女儿嫁给了地主的儿子，成分"门当户对"，可在我看来，郭家的光棍，人又黑年龄又大，配不上萍子。萍子是"鲜花插在了牛屎上"，可惜了。但在村人们看来，这是萍子的"造化"，地主家的姑娘能嫁出去，那就很不错了。

嫁过去的萍子日子过得很好，生了儿女，家务料理得很有条理，村里小伙子都妒忌郭家光棍娶了个好媳妇。村里很多人伤害过她，她从不计较，她对村里所有人都很友好，乐于帮人，人们都喜欢她。这个好姑娘，她也是村里的好女人。我离开家乡的很多年，时常想起她被我和伙伴扔的土皮打伤的事，觉得很对不起她，时常指责自己。有一次，她丈夫来北京和我相遇了，我特意请她的丈夫代我对她的那次伤害道歉。她丈夫把话带了回去，她又让她丈夫打电话给我说，这是她有生以来听到的唯一一句道歉的话，虽然压根也没怪过谁，但萍子很感动。

这是我四十多岁以来，做过的一件打伤人的坏事，尽管这个对象是地主的女儿，但我愿意给她道歉。地主有罪，地主的女儿，又有什么罪呢？我们在那个时代所参与的那些闹剧，是多么没有人性啊！

第三辑 猫喜欢笑脸

猫喜欢笑脸

大院里来回游荡的那几只猫,是流浪猫,它们一共有七只,四只纯白的,一只黑白的,还有两只是半黑半白的小猫,它们是那黑白花猫的儿子,刚会走路,已跟着猫妈妈四处流浪了。这些猫们都是被人遗弃的猫,它们在这大院已流浪了许多年了,过着自给自足的生活,也过着与人保持距离和疏远的生活。它们没有归宿地,没有人给它们食物,它们靠吃垃圾为生,在风中,在雨里,在雪地游荡着,常常被冻得瑟瑟发抖,让我感觉是些没家没娘的孩子,很是可怜。我向它们投去充满爱意的眼光,我想帮它们擦干那被寒雨淋湿的绒毛,想给它们喂点热乎乎的吃食,想给它们送去人的暖意和关爱,我的怜悯之心让我试图接近它们,但每次接近它们,它们都闪电般地东躲西藏了,它们的眼神和面部流露着对人的警惕、惧怕和憎恨。

我每当看到这些流浪猫们对人表现出的那种怪异的表情,心里就隐隐作痛和不安。在我看来,它们这怪异的表情中分明流露着对人的某种仇视、怨恨。对猫来说,这是这些猫们的悲剧;对人来说,却是人的悲哀吧。它们曾经是某些人的朋友、宠物;它们曾经得到过爱,享受过主人的温暖,如今它们为什么对人表现出如此的敌意?莫非它们同人一样,有爱与憎的心,有充满情感的心,把失宠变成了恨?我看是。这些流浪猫是不幸的猫:主人曾经的爱宠,让猫幸福;主人后来的抛弃,让猫痛苦。它们一定从两种境地的生活中,感受到了人脸的利害。这些流浪猫的脸上似乎写着，要不是你人的爱宠，我猫怎么会知道被人爱的那种幸福有多甜美；要不是被你人抛弃，我猫怎么会知道被抛弃的痛苦有多酸涩！宠爱之后又抛弃，让猫了解了人，了解了人脸的可怕，知道了幸福与痛苦的滋味，知道了幸福和痛苦的天地之别。对这些蓬头垢面的流浪猫来说，是人把它们伤害了，是人把它们的心伤透了。

我从猫那对人充满仇恨的眼睛里，对猫有了种负罪感、内疚感，尽管这些猫们没有一个是我抛弃的。怎么能让它们不恐惧我呢？怎么才能让它们信任我呢？怎么能让它们接受我的亲近呢？我对它们的爱意涌动而起，我要给这些猫以人的温暖和关爱，我要让猫的心田回归对人的一份好感和信任。

我寻找接近和亲近它们的办法。我在它们看来饥饿、疲倦的时候，趁机手托面包，向它们走去，希望它们争抢这美食。它们聚集在一个墙角下，它们看到了我，也看到了我手里的面包，面包果然使它们的眼睛一亮，但它们并没有因为面包而放松对人的警惕。看到我向它们走来，它们如见瘟神似的立刻逃走了，即使我把面包给它们扔了过去，它们也毫不理睬地逃之夭夭了。之后好几次的亲近，都是如此结局。我琢磨我亲近不了它们的原因。它们讨厌人，惧怕人，可为什么面对诱人的面包，宁可忍受饥饿也要躲逃呢？我想不出这其中的所以然来。我纳闷，难道面包对猫们没有诱惑力？我改送别的吃食。我用喷喷香的香肠诱它们，但它们仍然见我就躲；我用鲜活的鱼诱它们，它们照样见我就跑。我一次次地接近它们，一次次被它们拒绝，究竟是什么原因呢？

有一天，有只流浪猫从我身边溜过，在它敌意般地瞅我并要即刻逃跑的瞬间，我向它投去了友好的笑脸，没料到，我这对它亲切的笑，却让它放缓了脚步。它边走边瞧我的脸，我接着又向它微笑，向它亲切地招手，我的笑脸和招手，居然使它停住了脚步，对我端详起

来。我继续以笑容同它相对，我的笑脸显然打消了它的恐惧，赢得了它的好感和信任。我便微笑着轻轻地走向它，它虽然害怕，一个劲地往后退却，但后退的速度由快而慢了下来，此情让我乐得笑出了声。猫好像从我的表情中，从我的笑声里观察和体会到了我对它的友善、真诚。它看我向它走过来，它停了下来，我把手伸向它，它居然卧地，颤抖着身体等待接受我的抚摸。

我轻轻地抚摸它的背，抚摸它的头，它便高兴地把身体靠在了我腿上来亲近我。我抚摸它不一会儿，它完全放松了身体，竟然在我挠抓下同我逗了起来。此时让我感到，它在我抚摸中表现出的惬意、快慰，表现出的对人的亲切和友好，它哪里是只野猫呢，它是地道的家猫呀。这是只多么可爱的猫啊！刚刚它对人还是一副惧怕、憎恶的表情，我的多次美食没改变它对我的厌恶，却因我的一份亲切的微笑，转变了它与我的对立。它的猫性并没有野，它是一只希望与人做朋友，心存一份对人善良的记忆的猫啊。这让我对大院里所有的野猫，有了新的看法。

这只猫成了我的朋友。打那以后，我不管在大院任何地方遇到它，它都会瞅我几眼，我会朝它亲切地微笑、招手，它也会朝我"喵——喵——"地亲热地叫喊几声，算是朋友间的那种彼此问好、打招呼了吧。如有空闲，我会乐开怀地亲近它，它也会止步等我走过来，我示意要抚摸它，它会卧地接受我的抚摸和逗耍。

我以笑脸赢得了一只猫的信任和友好，也成了它在这个大院里的难得的人类朋友。我发现，每当我同它亲近的时候，老远处那些野猫怪怪地看着我们，一副羡慕和不可理解的样子。我很想跟那些猫们都成为朋友，但不是件很容易的事情。我便依照亲近前面那只猫的方法，每当同它们相遇时，我就向它们送去亲热的笑脸，投以亲切的招手。起初，它们对我的笑脸和招呼不以为然，但后来它们渐渐地注意起了我的笑脸，在意起了我对它们的招呼，有时甚至以叫声回应我对它们的友好了。

笑脸消融了人与猫之间的冰川。我每次与猫们相遇，便以笑脸相待，并且从远到近，一点点地向它们走近。它们虽然拒绝我同它们迅速接近，但它们与我不再对立，不再躲藏和逃跑了。后来，我感到它们已经非常熟悉我的笑脸，喜欢我的笑脸，信任我的笑脸了。有一天，我以亲昵的口吻呼唤它们，以灿烂的笑脸走向它们，它们等待我，我伸手抚摸它们，它们胆战心惊地接受了我的抚摸。我的笑脸，又一下子赢得了六只流浪猫的信任。我抚摸着六只流浪猫，我温暖的手传达着我对它们的关爱，它们便以友好的表情接受我的爱抚，表达对我的喜欢。抚摸一只只可怜的、骨瘦如柴的流浪猫的心情，别提有多喜悦和多激动了，好像有种与翻脸的朋友重归于好，有种受了伤害的人接受了我的道歉、宽容了我的过错的感觉。我"咪咪——咪咪——"地呼唤它们，它们"喵——喵——"地回应我。我爽朗的笑声和亲切的呼唤，我温暖、友爱的抚摸，我的爱意，猫们接受了，进入了它们心田，它们同我亲近，没了诫意，它们叫出了一种兴奋的声调。叫声没了那粗野的味道，娇滴滴的、甜润润的，让人感觉它们是那么的可爱。

好听的猫故事

我听到两只猫的故事，是我从来没听过的猫故事。它是陕南荀阳赵兄养过的两只猫的故事，故事让人感动，也耐人寻味。确认是真猫真事，便把它记了下来。

那是只白鼻梁、白耳朵、白肚皮、白腿的小黑公猫。那时，他家贫困，缺上顿少下顿的，也很难吃到肉。猫是一定要吃肉的，如吃不到主人喂的肉，又捉不到老鼠，还经常饿肚子，猫会离家出走的。村里好几家的猫，被饿跑了。他喜爱这只黑公猫，他不想让它挨饿，他不能使它离家出走。他每天把母亲盛给他定量的饭，偷偷给猫吃，还有肉，那几十天才能吃到的稀罕的肉，大半给了猫吃。

他碗里有多少饭，碗里的饭不会多，猫看得很清楚，也就他自己够吃，给它分去许多，他就会挨饿。而他却把香喷喷的饭，给了它，他常常吃不饱而挨饿，他瘦弱如猴的脸，猫感到就是因为把饭给了它，是他挨饿的缘由吧。它看到的何况是他挨饿，他比它瘦，他为给它偷偷给饭吃，眼看他母亲打他，把他按在地上用扫把打，打得他哇哇直叫。每当他母亲打他，它吓得不敢吃那食了，生怕他不再给他食了，但他仍偷偷地给它分饭吃。他尽管为分食给它经常挨打，但他还是想方设法不让黑公猫饿着。没饭给它时，他给它捉虫子，捉蜻蜓，捉蛤蟆喂它。小黑公猫每次吃他给的食时，眼里闪烁着光芒，那是种很感动的眼神，还有那不时地跳到他怀里"喵"个不停的亲热。他听得出，感受得出，这是感激的那种叫声和动作。

被他精心照料的吃好喝好的小黑公猫，很快长大了。长大的黑公猫，有一天有了个不寻常举动，到村头迎候他放学回家。它蹲在寒风凛冽的村关石磨上，等候他回来。天黑时分，它终于等到他回来了。它喜悦地跑上来，跳到他怀里，身上满是雪霜，冻得瑟缩一团，不停地吻他的脖子。他不知道它在村头等待了多长时间，从它身上很厚的冰霜和它几乎被冻僵了的身子看，它在村头等他足有好几个小时了。这告诉他，猫在想他，特别想他。从这天起，只要他背上书包出门，黑公猫就送他到村头，看到他走远了再回家。中午和晚上放学的时候，它准会在村头石磨等他，天天如此，风雨无阻。

黑公猫长得越来越壮了，饭量也越来越大了，他碗里有限的饭，不够它吃了，也许是它怕他饿着，它渐渐到外面觅食，觅饱了再回家。黑公猫很懂事了，会替他分担困难了。这比起它的义气来，还不算什么，更让他感动的是，它格外在意他的情绪。它看他生气，它会跳到他怀里，吻他的脖子，"喵——喵——"地讨他高兴；别人欺负他时，它会竖起浑身的毛，发出可怕的尖叫声吓唬对方，让对方不许对他无礼。有一次在村头，一个伙伴欺负他，还没等那小子第二次拳头举起，黑公猫像条愤怒的狼，扑跳到那小子胸上，两眼冒火，张开大嘴咬那小子的鼻子。要不是他跑得快，那小子的鼻子就被黑公猫咬掉了。那小子被这突如其来的凶猫，吓得软瘫如泥，连滚带爬跑了。从此，他再也不敢欺负他了，村里那些坏小子也再不敢欺负他了。

这是大黑猫在报恩，可它的报恩，得罪了人，却让他遭到了不测。有一天，大黑猫觅食回来，直吐，越吐越厉害。它难受极了，痛苦极了，它几乎奄奄一息。他知道它活不成了，它爬到他脚边，以微弱的体力，用身体蹭他的脚。它两只眼睛痛苦地看着他，眼里流出两行泪水。它瞅着他一动不动了。

············

他又给我讲另一只猫。这是他邻居家的一只大花猫。

那只大花猫，是只母猫，身上白棕黑三色的图案，图案协调雅致，双眼闪闪发觉，毛发油光铮亮，十分漂亮。主人、来人无不夸它漂亮。夸它，它能听懂，每当主人夸它，它都表现出喜悦和得意的神情。这样漂亮的猫，主人自然喜爱，给它好吃的，逗它玩乐，还被女主人时常抱在怀里亲热。享受在人们爱中的大花猫越来越漂亮了，它的媚，它的娇，成了主人乐开怀的事。主人把它当作闺秀般侍候，它活得很甜美，活得很幸福，它沉浸在被赞美、宠爱的生活中。

如果这样的生活一直不变，那这只大花猫，也许是那个地方，甚至是这个世上最为幸福的猫了。可惜，几年后的一天，它的命运发生

了变化。那天，它当了妈妈，它生了七只猫咪。它的七只小猫咪，一只比一只漂亮，其中最小的猫咪，跟它长得非常像，且比它小时候还要可爱、妩媚。当了猫妈妈的它，应当很幸福才是，可它自从做了妈妈，显得一天天烦恼起来。烦恼的缘由是，主人再不亲近它了，也不赞美它了，而是亲近、赞美起了最小的那只猫咪。主人的宠爱转移，使它失落，主人对小猫咪的赞美，使它苦恼。

最小的小猫咪长得越来越甜润，主人无意地对老花说，老花猫呀，老花猫，你看老成啥样了，越来越丑了，再也不会像小花猫这么漂亮了。这样戏谑的话，老花猫好像听懂了主人在说什么，它顿时脸露怒容，把偏偏把正在吃奶的最小的花猫，踢开了，且扑上去狠狠咬了它一口。最小的花猫当然不知道母亲为何从奶头上踢开它，还要咬它。它的姐姐哥哥们还在吸着母亲甜甜的奶头，它又爬到了母亲的奶头边，而老花猫再次把小花猫踢开了，不让他吃奶。

有一天，主人训斥老花猫，小花猫那么漂亮，你为什么嫌弃它？你这个又老又丑的猫！这训斥彻底刺伤了老花猫的心，它让其他六只小猫咪吃奶，宁是脚踢嘴咬最小的花猫不让它靠近，更不让它吃奶。小花猫被饿得吱吱直叫，但老花猫依然如此。

不幸的事情终于发生了，有一天老花猫单单把最小的小花猫带到了僻静的空房子，好半天老猫才从空房子出来，不见小猫出来，老猫张着血淋淋的嘴，疯似的朝村外跑去。主人到空房子找小花猫，小花猫的毛洒落满地，小花猫已被什么残忍地吃了，地上只有被吃剩下的它的头和四只小蹄子。主人明白了，家里没有狗，更没有狼，小花猫是被老花猫吃了，它那血淋淋的嘴，分明是它吃掉了小花猫。

实情正如主人断定的，漂亮的小花猫，是让老花猫吃了。老花猫吃了小花猫，害怕主人追究它的罪责，它离家出走了。一连三天，老花猫没有回来，几个吃不到猫奶的小花猫，饿得奄奄一息。主人急了，到村里四处寻找老花猫，终于在村外破房里找到了它。它看到找来的主人，躲得远远的，做好了随时要跑的姿势，但又听主人怎么对它说话。主人对老猫说，老花猫呀，你怎么这么心狠，把自己的孩子吃了……事情已经发生了，小花猫死了也不能复生，你还有六个孩子，你不能不管，总不能把它们也饿死吧？回家吧，回家吧，我们不会打你的……

也许主人无奈而柔和的劝说，让老花猫减轻了惧怕，第二天，它在主人家的房檐上出现了，但它不下房。六个将要被饿死的小花猫，无论如何呼唤妈妈，老猫也不下房。主人端出香美的半碗肉，央求老猫。他们对老猫说，你吃掉孩子的事，也不完全怪你，我们也有过错。我们不该宠了小猫咪，又冷落你、戏弄你；错不在你，错在我们，我们给你认错，你原谅我们的过错吧。老花猫仔细听着主人一遍又一遍道歉的话，但还是满眼的愤怒和畏惧。主人香喷喷的肉没有打动老猫，它在房檐上一动不动。主人反复劝它，快点下来吃点东西，赶紧给你的孩子喂奶吧，千万不能饿死了小猫。我们保证，只要你回家养你的小猫，我们决不打你一指头……

那个下午，男女主人瞅着房檐上的老花猫，给它轮番说好话，赔礼道歉，待主人说得筋疲力尽的时候，它从房檐下来了。它一口不吃主人的肉，奶起了自己的六个孩子。

…………

两个猫故事，是完全不同的两个主题。赵兄问我，这能说明什么？你以为猫是"奸臣"，猫是很聪明、重感情、很义气的朋友呢。

黄昏的美餐

在这酷暑难耐的季节,在这景色如画的山坳,一拨接一拨开着高级小轿车的都市人,长途跋涉拥到这里来享受清凉,也为了享受这里特有的一种美味大餐——烤全羊。这里的天然林区,别无二地,这里的活宰羊烤肉,堪称一绝。由于有清凉和大餐的诱惑,人们对赶到这个地方的急切,有种饥不可忍的迫切和躁动。

果然,车子一进坳,就有清爽的凉风扑面而来,就有浓香的烤肉味扑鼻而来。肉香让人越发饥饿,凉爽让人情绪激昂。烤肉场上,等待吃烤肉的食客围满了烤炉;上羊圈"自助式"牵羊的食客围满了羊圈,人多拥挤,似乎还出现了相互争抢、打架的食客;牵羊下坡的食客,个个撕拉着羊,跟羊较量着,实质上是在跟羊打架。这是肉香的诱惑和肚肠的饥饿造成的。在这样的气氛下,眼看天色又近傍晚,聪明的食客意识到,抢订一只烤羊,不仅是肚子的需要,更是今晚到山坳来享受的幸福所在。他们扔下物品,顾不得洗手,也放弃了原本洗澡爽身的想法,直奔烤肉场了。

我和朋友是将近日落时到坳上的,正是烤肉场香气飘荡、人呼羊吼最热闹的时候。抓羊、杀羊、烤羊、吃肉,我朋友看此情形,也顾不上去冲洗身上的臭汗,直奔了烤肉场。烤肉场有十多个烤炉,木炭火炉在鼓风机的吼叫声中吐着火焰,火焰上面吊的是被刚宰的整羊,羊的断头处仍在流血。羊血滴在火上,顿时被化成一股股强烈的火焰,火焰扑在肉上,羊肉被烧烤得嗞嗞作响,随之冒出浓浓的肉香来,让食客无不兴奋和冲动。

人多肉少，屠夫们忙不过来。精明的屠夫们说，谁要想尽快吃上烤羊肉，就自己去选羊吧；谁先选到羊，我先给谁宰烤。

食客说，这好像是个新鲜无比的创意。屠夫说，选羊，不单是看好了哪只羊就完事，还要进羊圈把羊牵出来，从坡下牵拉到烤肉场。实际上不是屠夫说得这么简单。牵羊不同于牵狗，狗会顺从于人。惹急了的羊，很倔，牵拉不那么容易。这本来是屠夫的活，由于食客多，屠夫少，屠夫的这一花招，正应了这些城里人、有钱人的好奇。这好奇心在于，他们在都市里周而复始吃的是现成的肉，从来没有见过宰羊，也从来没有谁给过想吃哪只羊、就选宰哪只羊的权利。虽然是被屠夫"抓差"、利用，食客们却非常乐意干这又脏又累的苦差事。从羊圈到屠宰场这段路，是从坡下到坡上。要把一只羊从坡下牵拉到坡上的屠场，没有相当的体力是不行的。这明明是件苦活，没想到大多食客对此活格外兴奋。屠夫的话一撂，食客们像一群饿狼，奔向羊圈，扑向羊群。我的朋友也很兴奋，拉我奔羊圈抓羊，我拉住了他。

羊在家畜中尽管是老实、乖顺的，但它并不是傻子，屠夫们那勾魂的魔爪，屠场传来的羊的惨叫声，风中飘过来的血腥和浓烈的烤羊肉味，强烈地刺激着羊。它们完全知道扑向它们的这群细皮嫩肉的人，不是给它们喂青草的人，是来吃它们肉的屠夫和恶狼。当食客们盯上了哪只羊，那只羊立刻就慌了。此时，几十个食客盯住了一只羊，满圈的羊顿时鸡飞狗跳状了，它们都看到了食客们那可怕的目光。食客扑向羊，羊拼命躲逃。但羊毕竟是羊，人毕竟是人，被圈起来的羊，被惊吓过度的羊，在这数十米的圈内能跑到哪里，哪能躲得了这群贪婪的食客！羊被食客追了几圈后，体力明显下降，它们终于被人抓住了。它们被人牵着角、拉着腿，拉出了羊圈。

羊圈离屠场足有五百多米，这段湿滑坡路，要把一只愤怒的羊拉到坡上，显然对人不利，很要费点劲。食客们原以为能够很轻松地

把一只羊牵拉到屠场，其实不然，他们都高估自己了，低估了羊的力量。此时，足有十多个食客在往坡上牵羊。与其说是人在牵羊，倒不如确切地说这是羊与人的较量。这被人牵拉着的羊，深知被人拉走一步，就离死亡近了一步，它们腿蹄绷直，拼死般蹬在泥土中，不肯向前走半步；恼怒的人，使出吃奶的劲，屁股撅起拼命拖羊。在这人与羊的较量中，一会儿羊把人拖倒了，人跪在了地上，一会儿人把羊拖倒了，羊成了泥羊……羊与人的"搏斗"，羊使出的劲是生与死式的全部力气；人是强盗式的，也使出了全身的力气。从羊圈到屠场的坡路上，"犁"出了一道很深的泥槽。这是羊、人拉锯式"搏斗"、厮杀，留下的一条条悲壮、凄惨的战痕。

在这深坳的傍晚，在这羊与人的较量中，大多数羊注定是弱者。它们无助，它们没有人狠毒，它们没有人强壮。如果哪个食客牵拉的是一只肥羊，那就不是羊的对手，羊就会从捕者手里轻易挣脱。如果是两三个人牵拉一只羊，羊的反抗就微不足道了。

有一个汉子，牵了一只公羊，这只公羊胆大有力，汉子使出了吃奶的力气牵拉，不但牵不动它，反而被羊牵着倒退了好远，引来看客一阵大笑。汉子大怒，摸起一块木板，向羊腿砍去。汉子出手太狠，公羊一声惨叫，一条腿被砍断了，羊血染红了羊毛，也喷在了汉子的脸上。公羊激愤到了极点，但它是只英雄般个性的羊，虽然断腿在流血，但它仍不屈服，很快爬起来，使足浑身力气逃跑。汉子逮住了它唯一的前腿，牵拉它，公羊挺直的后腿，像两根棍子，死死蹬在泥土中，有力而顽强地抵触汉子的拉扯，而且还把汉子拖后了好几步。这只雄壮的公羊，尽管断了一条腿，但仍是汉子的对手，它让汉子费尽了力气，把汉子弄成了满身血泥，也让汉子丢了脸面。公羊有宁死不从的劲头，它那个大而肥胖的身躯，让汉子既扛不动它，又拖不动它，搞得汉子满脸尴尬。这个僵局意味着，羊、人如再僵持会儿，公羊准会从汉子手里逃脱的。汉子意识到了后果的羞辱和吃不到烤羊的滋味，便恶毒地用脚猛踢公羊的腿。汉子的猛脚下去，公羊的一条后腿被踏断了，接着他又踏断了另一条……断了三条腿的公羊，终于成了汉子的俘虏，只有眼看着汉子把它拖拉到坡上屠场，交给屠夫。屠夫锋利的刀子，顷刻间就把公羊的头割了下来，公羊的血喷射了很远，流出了半盆子。食客说，羊血大补，要吃血豆腐。羊血也被人当即抢订成菜肴了。接着，公羊被扒掉了羊皮，上了烤炉。我估计，从公羊被汉子断腿、又断腿、被俘，继而被屠夫宰杀、扒皮、上炉，大概用了十多分钟。公羊流出了很多眼泪，扔在一旁的公羊羊头上有厚厚的泪泥痕，且泪泥流湿了羊头的大片羊毛。羊眼大睁着，血红，一副愤怒的样子。当然，它只是今天堆在这里的几十只羊头之一。屠场上这堆如山的血淋淋的羊头，只只羊眼大睁，似乎在看着食客，让人恐慌。上炉的公羊已被烤得香飘四溢了。那只公羊，的确是只肥美的羊。汉子和他的家人，喜悦地在等待烤炉上这美味晚餐。

食客仍在不断地牵羊，屠场不断地在流水作业般地杀羊，烤炉不停地在烤羊，排档的食客一拨又一拨地在喜笑颜开地美餐。桌上全是烤羊，桌下是满地的羊骨。大吃大喝的肉香、酒气、臭味混在一起，屠场跟餐馆连在一起，羊的惨叫声与人的狂笑声合在一起，让人感到，人是在吞活羊。此时，我对这"现场"屠杀吃羊的行为，产生了反感，对吃这只英雄般公羊，更在牵羊中使出卑劣行径的汉子，产生了强烈的仇恨，甚至对他喜出望外等候美餐的家人，产生了仇视。我拉朋友离开了屠场和排档，我再看不下去这样的场景了。

朋友说，干嘛走呢，来这里不就是吃这道"鲜"吗！我们去抓只羊吧！眼看到黄昏了，别人都在吃烤羊，我们吃什么？我说，不吃烤羊了，去吃别的吧。朋友说，这儿哪来"别的"，只有烤羊！我说，那就吃方便面吧。朋友尽管对我的选择很不乐意，他还是理解了我的内心。我们泡了方便面，打开啤酒，吃得很香。

晚上，睡在宾馆的床上，仍闻到了烤肉味和血腥气，一阵恶心。

这是傍晚看屠羊场的惨状刺激所致的。腥味是从窗外飘进的，我赶紧把窗关紧，但却没了睡意，就回想屠羊、食羊的情景，这使得我心情沉重起来。忽然，我对食肉的人，包括我自己在内产生了一种不满，却对佛教徒和吃素的人产生了深深的敬意。人不吃肉该是非常善良的动物。而我们吃肉的人，一生要吃掉多少动物呀！不管所吃的动物是不是自己宰杀的，我们的嘴是相当不善的。吃肉，让我们变得残忍。我们为什么从小就有了食肉的习惯？祖先为什么要教会我们吃肉？我们为什么非要吃肉不成？但又想，人不吃肉怎么行？肉是那么香美，肉能解饿，肉有营养，肉能大补，肉产生情欲。这就为吃动物找到了充分的理由，其实这个理由很霸道。在地球上，食素的动物毕竟是多数啊，不食肉的动物，是不是感到活得很亏？

我对猪、牛、羊有种特别的好感，它们的性情是那么的友善。尤其羊、牛，是多朴实、可爱的动物呀！我感到它们是我的朋友，天生的朋友，我热爱它们那善良的样子。人和羊，都是血肉之躯，天地造物，本是平等的，但由于人的霸道，造成了不平等。牛羊永远吃草、吃素，坚守不变，而人却从食素演变到了吃肉，吃其他动物。从这一点说，吃肉的人，在其他动物面前是丑陋的。但人吃动物，又是天定，这已是无法改变的现实。既然如此，心想，人实在没有必要这样赤裸裸地吃羊。倘若羊是有罪的，羊该由人吃它；就算人必须吃羊，那也应该给羊起码的尊重吧？人不是有注射死吗，何必让无罪的羊，如此折磨受罪后，再被屠杀呢？人，什么时候对动物能有一份同情心、慈爱之心呢？

一只交嘴雀的选择

驯鸟人捕到了两只雀,是一种精灵而性格刚烈的交嘴雀。也许因为它的嘴是交错而长的,被人叫为交嘴雀。交嘴雀看上去有点凶猛、怪野,要把它驯成温顺的、听人指使的鸟儿,很不容易。而驯鸟人恰恰看中的就是它的这种刚烈、野性,如若一旦把这种刚烈和野性磨掉、驯服,这种很活泼、很灵性的鸟儿,可以卖到很好的价钱,一只可以卖到三五十元钱。驯鸟人是个退休工人,他捕鸟、驯鸟的目的,当然不全是为了赚多少钱,而是种乐趣。确切地说,是寻找和满足一种征服欲的乐趣。他已经捕获了几百只交嘴雀了,却只有一半的鸟被他驯化成了人们手中的玩物。而另一半,他无论采取什么办法,这些倔强的鸟儿总没有顺从他的意愿,不是从他手上逃了,就是气绝而亡了,再就是绝食而死了。这使得他对这鸟很纳闷:同一种鸟儿,为何有的被驯服了,有的却宁可死也不服呢?

山林里,守候了一天的驯鸟人,终于在黄昏的时候,捕到了两只交嘴雀。两只交嘴雀都是公的,也许它们是兄弟俩,长得毫无差别,性格也同样暴烈,驯鸟人把它们关到了驯养笼子里。这驯鸟笼里有谷子,有水,这是鸟儿喜欢的东西。但刚被捉进笼子的鸟儿,无不怒气冲天,一时是不会吃这诱饵的,尽管它们从来也没见过这么多谷子,就是饥饿至极,有的也不会吃一口谷子,喝一口水的。

这两只交嘴雀,如同被捕捉的所有鸟一样,刚进笼子,愤怒而高傲,不吃不喝这嘴边的食物。驯鸟人不理会它们的不吃和闹腾,这是它们在耍性子呢,闹够了,饿极了,就会做出它们的选择:吃与不

吃，喝与不喝。如果是选择了吃与喝的鸟，表明它们已初步接受了被驯养的现实，有望被驯化；如果它们中有谁死也不肯吃喝，那说明这只鸟儿难以被驯服。

在笼子里的这两只鸟不吃不喝，上蹿下跳，身上的毛被它们折腾掉了许多，但它们还坚持抗争着。两天过去了，它们都精疲力竭了。有一只鸟终于吃谷子了，而且还喝了水。另一只却看都不看一眼谷子和水。吃了谷子和喝了水的鸟儿，很快有了精神，也显得平静了许多。那只不吃不喝的鸟儿虽然没有力气蹿跳了，可那极力咬啄笼子的嘴，那嘴巴流出的血，那愤恨如仇的样子，分明在告诉驯鸟人，它不服，死也不屈。

又一天过去了，那只不吃不喝的鸟儿，看它兄弟又吃又喝，却仍然不理会谷子和水。它要以死来抗争，这只顽固不化的倔鸟。绝食到死，这是让驯鸟人没有任何办法的事情。驯鸟人是个心地善良的人，如果鸟儿抗争到如此地步，只能放归，否则就会饿死在笼子里。他把这只以死抗争的鸟儿放归了。这只奄奄一息的交嘴雀从驯鸟人手里逃也似的跑了。尽管逃出了驯鸟人的笼子，而它能否马上觅到食，能否活下来，很难说。但它连它笼中兄弟也没看一眼，踉踉跄跄地飞走了。

那只抗拒不住饥渴的交嘴雀，经过一周的笼中生活，已很乐意享受笼中现成的谷子和水了，而且也渐渐适应了笼中的生活空间，不再愤怒了、急躁了、反抗了，也没有当初的那种高傲、狂妄，它接受驯养的现实了。驯鸟人用细绳把它的一条腿拴在小木棍上，驯它。出了笼的鸟，以为自由了，要飞，但腿却被拴在木棒上；再飞，仍被绳子拴着，再飞，仍然如此……数百次地飞起，数百次地被绳子牵到了木棍上。聪明的驯鸟人抓住时机，待鸟儿飞烦、飞累、飞饿的时候，给它喂上谷子，再给它递上水，鸟儿吃了驯鸟人给的食，也急切地喝了驯鸟人给它的水。就这样，驯鸟人用这木棍加细绳，再加谷子和水，磨它的野生性格，驯它与人的温和亲近。这样反复地驯养，鸟儿的性格越加温顺了，也与驯鸟人建立了信任和依赖。这时，驯鸟人解开系在鸟腿上的绳，驯它听从左手飞到右手的命令。凡是哪次服从了命令，就给它喂一粒谷子，给它喝口水。如此反复驯导，鸟儿越加听驯鸟人的指令了。

一个月后，它被驯鸟人驯成了"表演师"：驯鸟人让它叼啄扔到地上的小球、钱币，它会按指令灵巧地把它叼来，递在主人手上。这只鸟经过驯鸟人驯导，已经变成了人手中彻头彻尾的玩具了。后来，驯鸟人把这只驯服得乖巧的交嘴雀卖了，卖了个好价钱。

羞涩的小猫咪

院落的花丛中，钻出了几只小猫咪，是刚刚出生的小猫，大的巴掌长，小的比拳头大，毛色很有趣，雪白的绒毛，点缀着几片圆圆的黑斑；四条小腿，两只耳朵和短短的尾巴，也是黑色的，像是被精心打扮过的小姑娘，显得俊俏、高贵而可爱。小猫咪很瘦弱，走起路来有点发飘，探头探脑、缩手缩脚地跟在大白猫后面。看到行人，掉头直往花丛中躲藏，一副胆怯和羞涩的样子，让人既喜欢又心痛。大白猫是它们的妈妈，我认出来了，它是只被弃的野猫，是几年来一直游荡在大院里的那只野猫，同过去一样，神情木然，双眼露着对人的冷漠和敌意。几个月没见到它，原来它是生孩子去了。野猫妈妈是来觅食的，它熟练地从垃圾桶里"拣"出了食物，急不可耐地嚼吞起来，

好像饿极了。小猫咪新奇地看着母亲跳到高高的垃圾桶里寻找食物，又把找到的食物吃力地拖出桶，急切地吃得那么香甜，个个小眼睛闪烁着光亮，好奇又馋嘴地凑到了食物上，它们舔了舔母亲吃得那么香的食物，但打着喷嚏离开了，是这食物太难闻，太难吃了，还是食物太坚硬咬不动？小猫咪们一副被刺激、受委屈的表情，它们只好不再理会那块食物。而小猫咪是饥饿的，它们吮吸母亲的奶头，好像吸不到奶水，它们失望地坐在了母亲一边，眼瞅着母亲的食物，不停地"咪——咪——"叫着，瞅着母亲如何吃它，把它一口不剩地吃完。母猫吃完了食物，看着饥饿的孩子们，眼露焦急和心痛的情绪，它舔舔小的猫咪，再闻闻大的猫咪，躺在暖和的墙角，让猫咪们吃奶。也许是猫妈妈的奶水太少，还是猫妈妈根本就没有了奶水，吮吸了母亲奶头许久的猫咪们，像恼怒的孩子，惨痛地一声高似一声地朝母亲号叫，猫妈妈像明白了怎么回事，它不断亲吻孩子们，像是在安慰孩子们说：妈妈身体太弱了，没有生出足够的奶水喂你们，让你们饿肚子了，实在对不起啊。面对饥饿的、烦躁的、痛苦的猫咪们，猫妈妈显得无可奈何的样子，它蹒跚地领着孩子们钻入了花丛。

不知道花丛中有没有让它们充饥的东西？猫妈妈会不会生出充足的奶来哺它的孩子？小猫咪今天能不能吃到一点食物？看着可怜的猫妈妈，看着柔弱的小猫咪，我的心沉沉的。不知道这只猫妈妈原来是谁家的宠猫，是哪家主人抛弃了它，使得它连它的孩子都成了一群凄惨的流浪猫。唉，从宠物变成了无家可归的野猫，如从天堂被扔到了地狱，它那对人的仇恨、冷漠分明写在野猫的脸上。它本来不应该是这样的命运，它孩子也不应该是新的野猫，这都是人们的无情造成的。这群处境艰难的流浪猫，揪人心碎，我恨不得把它们"请"到自己家里，让它们吃得饱饱的，不再四处流浪，不再以垃圾充饥，让它们拥有自尊，让它们成为人们的朋友。我到花丛中寻找它们，亲热地呼叫它们，它们看到我像看到仇敌一般，拼命地躲藏，转眼不见了踪影,这让我非常失意,更加怜悯起它们来了。

猫妈妈带着它的孩子仍然在丛中进出,都市没有那么多老鼠让它们充饥,它们不得不靠垃圾为食。它们是都市的遗弃物,它们熟悉了都市的高楼和道路,只能依赖在都市,只能依靠人们的废弃物生活下去。因而,为了生存,猫妈妈早已把自尊抛弃了,你看它领着它孩子跳到高高的垃圾桶中寻找食物的那种驾轻就熟,那种肆无忌惮,那种不顾肮脏,那种狼吞虎咽的样子,虽是无奈的选择,实则是对弃主的声讨和泄愤,对人类的讥讽和嘲笑。我发现,猫妈妈的这些仇视的情绪和行为,已使小猫咪的眼神和表情渐渐不再那么单纯了。

但小猫咪毕竟是单纯的,还是一副羞涩的样子。也许它还不知道它的母亲是被人遗弃的流浪猫,野猫,它是新的流浪猫、野猫,我想它会从它母亲的眼神和表情里会知道这一切的。但小猫咪还是羞涩的。我渴望亲近它们,把它们抱在怀里暖暖,抱回家给它们喂牛奶。但小猫咪十分惧怕人,它们与我保持着相当远的距离,我走近,它们后退,我再近一点,它们退得更远,再走近,它们就迅速躲藏。后来,经过许多次接近,它们对我减少了敌意,能够让我在短距离看它们了。这时,我和它们常常出现了对视,我望它们,它们瞅我,个个小猫咪显出一副羞答答的样子,像天真无邪的孩子,单纯中透着可爱。

小猫咪跟着流浪的妈妈,到处流浪,有时在风里窜,有时在雨里跑,饿了跟妈妈从垃圾中找食物,渴了在地上随便找什么水喝,夜晚也不知在什么地方过夜。看起来很忙碌,很焦躁。

那日,雪后天气很冷,在一处墙角阳光下,没处躲藏的小猫咪们被冻得瑟瑟发抖。我细瞧它们,长大了一点,但更瘦弱了,样子不仅难看,而且表情跟几个月前大不一样了,竟让我吃惊了,那份羞涩和单纯已经变成了恐惧和愤然,眼里流露着冷漠和痛苦。我亲切地呼唤它们,它们不再像从前那样应声。它们是在憎恨人们,还是对人们已

经失望?我想它们已真正变成远离人们感情和信任的野猫了。

过去那群羞涩的小猫咪,那群单纯可爱的小猫咪,在花丛中再也见不到了。

第四辑

如果我们改变自己

好好跟别人说话

老魏是位领导,他既有很多朋友,又有很好的人缘和口碑。我很纳闷,一个小科长,权不大,貌不俊,竟有那么多人喜欢他,让人不可思议。但我发现,他的朋友,大多是无求于他的人,也不都是酒肉朋友。怪了,老魏虽让人感觉挺好的,但好在什么地方,我想不出来。我问老魏,你做人有啥"道道",让很多人喜欢你?老魏爽朗地说,有一点,就是好好跟别人说话。

什么叫"好好跟别人说话"?难道一个人没有很多的朋友,没有很好的人缘,就是没好好跟别人说话的缘由吗?老魏说,不全是。说话,是取得别人信任、与人平等相处、与人心与心相连的基础和桥梁。一个人拥有朋友的多与少,与社会地位、金钱财富、人格魅力确有一定关系,但不是绝对的,拥有朋友多少的更多成分,是做人,而做人又与是否对别人真诚地说话有关。你悉心留意那些朋友很多的人,人缘很好的人,很受人爱戴的人,大多是一些"好好跟别人说话"的人。好好跟别人说话,不是见人说人话,见鬼说鬼话,是跟人真诚地说话,是在真诚做人基础上的说话。不要以为张嘴说话,人人都会,而真正会说话,真正能够跟别人好好说话的人不很多。好好跟别人说话,没啥深奥的道理,就是平等地跟人说话,认真地跟别人说话,友好地跟别人说话。

老魏的话牵出了我的感慨。不错,我们很少重视自己跟别人说话的方式和说话的情绪呢。比如言不由衷，比如心不在焉，比如居高临下，比如盛气凌人，等等。就我而言，不要说跟陌生人难得好好说话，就连跟自己的亲人、朋友、同事、熟人，也都很难做到好好地说话。由此我轻易地从别人身上找到了不好好说话的毛病，但我感到我要以此来写什么教训别人，实在是一种浅薄的行为，也是不好好跟别人说话的另一种鲁莽做法。我想，我还是从自己身上找它的踪影吧。其实，我曾是一个说话放肆的人。我就举我的一些丑陋现象吧。

我对自己的属下和比自己资历浅、学历低的人，一般不会好好说话。这是种什么心态呢？是官架子心态，是自大心态。我以为，对自己的下属和比自己学识低的人，来点"架子"比没"架子"好；来点自大比谦虚好。在我看来，"架子"可与人拉开距离，"架子"可"端"出"高贵"；自大可感觉不凡，自大可感觉良好。在有些人面前，搞点距离、清高、骄傲、卖弄、脾气，会让他感到你有神秘感、威严感，会让他敬畏你、佩服你。假如我跟他们好好说话，会降低我的身份，他们把我就会不当回事。

我不会以平等的身份跟部下和比自己资历浅、学历低的人好好说话。我说过，我在这类人面前会自然而然地有一种"架子"，一种自大，往往我会以教训、教育、指导别人的语气和措辞跟他们说话，甚至会呵斥对方，尽管他的年龄比我大。我会让你觉得你与我交谈，我跟你说话，我的毛孔都透着一种自大、高傲和无礼，让你感到在我面前你自己很渺小、很自卑、很无知。你的这种感觉让我很开心。但是我不会在意你有什么"感觉"的。

我不会以认真的态度向部下和比自己资历浅、学历低的人说话。你们明白，我是一个自命不凡的人，你说话我可漫不经心，但我说话的时候，你必须认真地听，谦虚地听，哪怕你是我的前辈，不然我会不高兴的。你肯定觉得跟我交流很困难，很难把一句话说透，说明白，说到知心处。你在我面前会觉得很蠢，很痴，很卑微。对我而

言，你的渺小就是我的高大，你的愚蠢就是我的聪明。我要的就是这样的心理效应。

我不会友好地跟我的属下和比自己资历浅、学历低的人好好说话。其实，我以高傲、自大的态度同别人说话，以敷衍了事、惜语如金的态度同别人说话，我以冷漠、刻薄、刁钻，让人不舒服的方式说话，你会感觉我没"人情味"，没修养，甚至认为鲁莽。我对你冷漠了，粗鲁了，你能对我怎样？你在我眼里压根儿没有多少价值！

…………

这些都是我说话方面的坏毛病。你猜测我的官一定不小吧，官不大，只是个处级干部。一个处级干部竟有这么多坏毛病，那我要成局级领导毛病肯定比现在更多。好心的人一定会为我说话的粗鲁、浅薄捏一把汗呢，担心我会在领导面前如此这般。那你是瞎担心，我不是白痴，我怎么会在我的领导面前、有钱人面前、有势力的人面前、我有求于人的面前不好好说话呢？我在这类人的面前，我的表情是灿烂的，说话是热切的，奉承是肉麻的。说得形象点、准确点、自嘲点，就是哈巴狗讨好主人的那种媚态、声调，可爱里透着犯贱。因而，我对谁如何说话，说什么，我能不分彼此吗？

但我这不"好好说话"的毛病，更多的是我年轻时的毛病，当然有些毛病在我身上至今仍有，所以我没有老魏那么多的朋友。很长时间以来，我学起了老魏的说话和为人来，这让我越来越感到，平等地、认真地、友好地好好跟别人说话，既是对自己的尊重，也是对别人的尊重；既是一种素养，一种力量，又是做人的基础。

做人，少了"好好跟别人说话"这基础，路难行啊！这是老魏的话。我感到他这话，说得经典。

微笑值多少钱？

在亚洲，泰国的山水也许不是最美的，但泰国人的微笑，却是很美的。泰国人的面露微笑与祥和，是上到国王、下到百姓普遍化和习惯性的。这似乎是世人对泰国和泰国人倍增好感的原因之一。尽管目前泰国政治形势紧张，但游客却持续增长。在我赴泰的2008年上半年，入境旅游人数比去年同期增长百分之十四点四。说明，这里的美景和人，都让人喜欢。微笑成了一种生活习惯，微笑对经济产生了影响，这让人感到，微笑是有"分量"的，更是有价值的。由此想问，微笑值多少钱？一个民族的微笑会创造什么价值？一位泰国人对此说，微笑虽如阳光和空气一样普通，但比黄金还要珍贵。他回答了微笑的分量和价值。

当然，作为一个"黄袍佛国"，你可以把他们的微笑和祥和，归属于信仰的润泽。但这微笑和祥和的面孔，如若成了国民的一种素养和文化，就不得不让人起敬。

既然真诚的微笑比黄金还要贵重，那么具有五千年文明史的国人，又是怎么看待微笑的呢？我们是喜欢微笑的，是一个对笑理解相当深刻的民族。我们不仅会微笑，而且会笑得比任何人灿烂。而现实是，我们中许多人虽有微笑，却是"笑"给亲朋好友和熟人的，"笑"给利益人的，一般情况下我们不愿笑，也不会笑。看看，在机关，在机场，在大街，在电梯等公共场所里，太多的人紧绷着脸，太多的人不苟言笑，太多的人脸冷冰冰的，仿若给别人以微笑，要付费和失去什么似的，十分吝啬自己的笑脸。如果说微笑是人最美好的语

言，那么一张张冷脸传递给别人的会是什么呢？是冷漠、距离、拒绝。这世界缺粮食，但更缺笑脸。谁会愿意亲近一个没有笑容的人呢？谁会认为一个冷面的人友好呢？

我们的脸上为什么缺乏微笑？不错，我们有沉重的历史。中华民族的多灾多难，让我们沉积了太多的忧伤。我们缺乏笑容，是因为有贫穷的阴影，有民族的压迫和战争的创伤，有"文革"搞坏了的人际关系的影响，有生存压力的外在因素等等。但这只能是缘由，却不是根本理由。

微笑，果真是幸福的洋溢和快乐的宠儿吗？当然是，但又不尽其然。幸福的人当然会微笑，而缺乏幸福的人，也不该有一张哭丧的脸。常常，微笑并不是财富和物质的兄弟；常常，好运的"绣球"是抛向面有笑脸的人的。苦难中的那些慈祥的人、乐观的人，同样有微笑。全在于，你愿不愿打开笑的窗户。

微笑，是心灵的花朵，是爱意的桥梁，是一种善良、宽厚的心态，是一种文明的生活习惯。真诚、善意、友好的微笑，是呈献给他人的花朵，会让举起的屠刀颤抖，会让寒冷的阴云回暖，会让门可罗雀的地方成为闹市，会播种和得到意外的收获。

飞快的经济发展让我们富裕了起来，让我们的笑脸多了起来。微笑被当成了一种素质，被看成是财富的"敲门砖"，被社会予以高度重视和推崇，这是文明的进步。在今天，我们缺的东西固然还很多，而最缺的也许是人与人之间真诚的微笑。而真正的笑，却不是咬着筷子练出来的，不是皮肉间堆出来的。需要我们用自己优秀的文化来滋润，需要我们对他人的友爱之心来支撑。

微笑值多少钱？真诚的微笑是天然廉价的，也是无价的。微笑不仅创造人们的亲和力，微笑也可以创造金钱财富。既然微笑仅仅是一扇窗户，何不像泰国人那样，人人打开它，成为一种生活习惯？如若13亿人的中国都会微笑，那将是巨人的笑，影响世界的笑。

|如果我们改变自己|

有一块墓碑上刻着这样一段话：

当我年轻的时候，我的想象力从没有受过限制，我梦想改变这个世界。

当我成熟以后，我发现我不能够改变这个世界，我将目光缩短了些，决定改变我的国家。

当我进入暮年以后，我发现我不能够改变我的国家，我最后的愿望仅仅是改变一下我的家庭。但是，这也不可能。

当我现在躺在床上，行将就木时，我突然感到：

如果一开始我仅仅去改变自己，然后作为一个榜样，我可能改变我的家庭；在家人的帮助和鼓励下，我可能为国家做一些事情。

然而，谁知道呢？我甚至可能改变这个世界。

这是威斯特大教堂地下室碑林中一块墓碑上的话。这文字是谁写的？墓主人是谁？生卒于什么时候？没有记载，它是一个无名氏的墓碑。

这是来自于一本权威杂志的介绍。据说，许多世界政要和名人看到这篇碑文时，有人说这是一条人生的教义，有人说这是一篇生命力学的文章，还有人说这是灵魂的一种自省。当年轻的曼德拉看到这篇碑文时，他有醍醐灌顶之感，认为自己从中找到了改变南非甚至世界

的金钥匙。

这段精彩的感言，究竟出自什么人的手？这个人的生活经历是怎样的？他的感悟到底来自于什么地方？如果我们要知道警言主人生前的一切，也许会对这段教义的认识和理解更为深刻。

但他似乎已经把一生的遗憾说透彻了，也描述出了我们几乎所有人当初的雄心壮志的实现和最终壮志失败的原因——不要梦想改变世界，也不要梦想改变国家，也不要企图改变别人。任何人都是很难改变世界，改变一个国家，甚至改变一个家庭的。要想改变世界，改变国家，改变别人，首先要改变自己。

这教义让人深思。那么，改变了自己，就能改变世界，改变国家，改变一个家庭吗？我想，改变一个世界，需要改变世界的伟人；改变一个国家，需要改变国家的伟人；改变一个家庭，对更多的寻常人来说，就是改变自己。如果没有全家人的改变，也是不可能改变一个家庭的。所以，那个墓碑上的话，是写给领袖的，也是写给每个人的。领袖可以影响世界，影响一个国家，影响一个家庭；而改变世界，改变一个国家，改变一个家庭需要多数人的改变。但我们不是伟人，我们也没有引领和改变世界的能力，我们有必要改变自己吗？当然是有必要的。我们坚信，如若你改变了自己，就有可能改变你想改变的一切。

我们要改变我们自己的什么呢？如果我们真的能改变自己的话，我们需要改变一种性格，我们那种狂妄的、固执的、懦弱的性格，这些性格不仅影响不了别人，对改变世界亦无济于事；我们那种自私的、狭隘的、冷漠的心地，既自私又贪婪，容不下别人，容得下一个世界，更何谈改变什么？我们那种愚昧的、陈腐的、偏颇的观念，改变不了别人，更改变不了世界……

我们性格、内心、知识的改变，对我们期望改变周围的一切，是多么重要。人能够改变知识层次，能改变地位，能改变贫穷，但要改变自己的性格和心地，又是那么艰难。"江山易改，禀性难移"，我们改变不了自己，也改变不了自己以外的世界，那是"禀性难移"的缘故啊！改变自己，需要脱胎换骨式的炼狱。即使是这样，我们的某些恶劣本性，也不可能完全被抛弃得无影无踪。就好比有一个故事说的：一只老虎，改变了自己的凶猛性格，成了主人的朋友，平日温顺至极。有一次，它为表达对主人的感激，温柔地舔起了主人的手，它舔着舔着，结果舔破了主人的皮肤，舔出血了，结果它兽性发作，一口把主人的手咬掉吃了。这是动物的本性，一个看起来改造得很透彻的人，在大利面前，在生死面前，在大辱大荣面前，在极端苦难面前，还能抑制住原来固有的某些劣性吗？许多人也许如那只老虎一样，会在难以放弃的诱惑、难以忍受的痛苦面前，露出固有的本性。这是我们满怀壮志，但不能改变别人，也不能改变世界的悲哀啊！

　　我们有许多让别人看来需要改变的地方，而且自己也明白，如果改变了这些，我们会转变一种心态、一种观念、一种处境，一种活法，那将会使我们变得更加内心宽阔、道路平坦、人生快乐，但我们往往不愿改变自己，总希望别人改变。我们是那么的固执，那么的显得有所谓的自尊，不愿意向生活妥协，不愿意给别人让步，喜欢保持某些自以为是的讨厌个性，喜欢跟生活较劲，也喜欢跟别人无谓地较真，甚至强迫别人改变什么。结果是，你并没有从根本上改变别人，也不可能真正改变世界。

　　人，都想改变自己的生存、生活状况，都在埋头寻找走向幸福和快乐的途径，但就是不善于首先改变自己；人，豪情万丈总是在年轻的时候，省悟的感慨总是在晚年；人，有许多人说要改变自己，但直到生命的尽头也没有改变自己什么。这是一个人的迷惘，也是失误。如果要改变自己，那就会像那位令人崇敬的无名墓碑主人所说的，有可能改变我的家庭，会让我的婚姻很美满；有可能改变我的国家，会使我的国家很兴旺；有可能改变世界，会让我们的世界更如意……

是的，我们的人生，不应该是这样尴尬的，也不应该是这样坎坷的，也不应该是这样不如意的，应该比现在更好。如果要改变这些，我们要改变自己。谁不想改变别人、改变世界呢？有这些意愿和抱负的人，应该马上考虑如何改变自己，不要等到行将就木的时候，那将没有多大意义。因为晚年的懊悔，就如一杯苦涩的酒，难以下咽。

| 某 种 角 度 |

有了角度，就有了看事物的出发点；有了角度，才会出现某种角度。某种角度是种什么角度？是常规角度以外的角度，是另一种角度，是另一种角度的另一种角度的若干种角度。事物是由无数个角度组成的，除了圆、空气、一种颜色等，找不出某种角度，其他事物，似乎是有某种角度的。不同的事物，不仅有不同的角度，也有着数量不等的多种角度。

角度，某种角度，是眼睛看出来的，是脑子思出来的。双眼会发现某种角度，还会发现多方位角度。有了某种角度，使我们对事物有了新的看法，也让我们发现了事物的不同点。某种角度，也是我们产生正确认识抑或产生错误观点的出发点。

究竟哪种角度，是一个事物再现它本来面目的最佳角度？究竟哪种角度，是一个事物和现象最真实、最美好的角度？既然事物有它的本来角度，也是有它最佳角度的，有它最美角度的。人的眼睛和思维的长期平视与思维的定式，总是习惯一个角度看待事物、想象问题，也很容易形成"一条线"和"管子式"的想象。

眼睛往往看不到某种角度，因而眼睛是有局限的；思维因为想象不到某种角度，思维也是有错觉的。眼睛必须看到某种角度，才能看清本来角度的真伪；思维必须想到某种角度，才能够辨别本来角度的丰富。因为有了某种角度，才发现这个世界是千姿百态的；因为有了某种角度，思维才有了无限的路径；因为有了某种角度，眼睛才改变了平视和一个角度看事物；因为有了某种角度，才看到了事物平常看不到的一面；因为有了某种角度，才会看出想出事物不同的效果。

喜欢用某种角度看问题，是寻找正确方法的良好方式和习惯。人生，累在不断寻找方法上；成功失败，也取决于方法上。寻找正确与最佳角度，就是寻找正确与最佳方法。

也因为有了某种角度，思维变得复杂起来，眼光变得眼花缭乱起来；也因为有了某种角度，出现迷惘、困惑、失落、偏颇、错觉、误区。由于没有找到正确与最佳角度，眼睛的认识和想象的认识，就会有一孔之见、以点带面、坐井观天、背道而驰、是非不分、黑白颠倒、阴差阳错等等错误和谬误。

需要用角度校正认识的错觉。虽然有某种角度，而事物总是有最真切、最健康、最美好的一面。正确的认识、选择、出路，来自寻找正确的角度，包括某种角度。虽然有了某种角度，还是要着眼于大角度。事物的大角度，也许是代表事物的最佳角度；最小的角度，也许反映的是深奥的或渺小、狭隘的侧面。

成功的一切方法，都藏在最佳角度里。射击的最佳角度，决定了命中；击石的最佳角度，决定了顽石的断裂；眼光的最佳视角，决定了一个事物的形状；思维的最佳视角，决定了判断问题的准确；想象的最佳角度，决定了思维空间的大小；行程的最佳角度，决定了路途的远近……

某种角度，是耐人寻味的魔方，需要从多种角度，才能拼成鲜艳

的画面。这个鲜艳的画面，是角度的最佳境界，也是表现事物真实、走向成功与完美的目标。

某种角度，是人终生面对的选择。

某种角度，是决定成败的关键。

某种角度，是值得追寻和探索的事物。

| 人　　妻 |

女人为人妻，是天理，也是归宿。女大不能养，到了嫁人的年龄，即使别人不着急，自己也会日思夜想的，企盼嫁个如意郎君、好人家。古时，女子到了18岁，既是嫁人的最佳年龄，也到了最大的年龄。过了19岁，就算大龄姑娘或老姑娘了。

一个女子，小小18岁就要为人妻，在今天来看，是不可思议的事情。18岁的女子，是个什么年龄的季节？是一朵花含苞欲放的季节，是心怀梦想的季节，是青涩的果子将要成熟的季节，也是没有脱离稚气的季节，还是玩心十足的季节。这个季节的女孩，就成了人妻，将面临的是什么呢？面临生子，侍候夫君，面对公婆，料理家事。这么多的事情，一夜之间落到了稚嫩的肩上，哪一桩都是沉甸甸的。

这是让人很难接受的事情。一个女孩，昨天还是母亲眼里的孩子，娇贵，一旦跨入婆家门，肩上就有了这么多担子。而这任何一副担子，都会把娇嫩的肩膀压弯的。

别的不说，单说生子和做饭的艰辛之苦，就会让一个花季女孩，很难轻松接受。生子，对任何一个女子来说，是惧怕的，也是无奈的，也是由不得自己的事。情愿不情愿，往往一夜之间，就决定了要成为人母。至于下厨做饭，这"男主外、女主内"沿袭了几千年的传统，已成了女子天经地义的事，不管愿意不愿意，那在男子眼里早已成了女子的分内事，没有理由不接受。所以，女子出嫁前，操练过厨艺并心甘情愿围着锅台转的，那还好，如若嫁前没有动过擀面杖、用过刀、做过菜的，也没有想到嫁人侍候谁的，那就要面临挑战了，也会面临危机。在旧时，因不愿、不善操持家务，被休了的女子，是没人敢要的。这对一个女子来说，嫁前下厨操刀，那是意味深长的。所以，旧时女子，除了官宦、大户人家媳妇，没有哪个普通百姓的女子，不把下厨做饭不当回事的。

下厨做家务，是上苍赐予女子的劳苦，是分内的天职，还是一份幸福和享受。这好像都在其中了。

我的奶奶王存兰，16岁嫁给我爷爷宁长年，我的母亲杨菊英，18岁嫁给我父亲宁永龙，我的干妈13岁嫁给我干爹满文成，我们村父辈以上的女人，大多都是这个年龄嫁人的，最小的还有10岁嫁过来的。这么小嫁为人妻，还是孩子的年龄，还是玩的年龄，会下厨做饭做家务吗？我奶奶不会，我妈不会，我干妈不会。不会，她们那也得做，进门第一天就得做。如手脚麻利，会少挨点骂；如笨手笨脚，好吃懒做，那挨骂是必然的，甚至挨打也是可能的。为此，我的奶奶、我的妈、我的干妈，毫无例外受到了婆婆的责骂，还挨了丈夫的怨打。不会、不干，会必然"逼着鸭子上架"的。她们都是这样逼到不敢不下厨、做家务，逼到不敢偷懒、不敢懈怠的地步。

在我懂事的时候，我的奶奶六十多岁，她从嫁给我爷爷的第一天起就做饭、干家务，快五十年了，一日三顿饭，大多天天如此。五十年，还有直至后面的10年，我爷爷去世，她除了生育两个孩子，除了下地干活，除了承担缝洗等日常琐事外，她给嫁给她的这个男

人，做了近六十年饭。她做饭手脚很快，是在烧柴的浓烟弥漫的火房里，能很快烙出饼、做出各种面食、炒出爷爷喜欢吃的菜；我妈从嫁给我父亲的那天起，每日天不亮起床，烧煮稀饭、与男人同时下地干活，从地里回来再张罗开饭、洗涮，再下地干活，中午回家再做饭，侍候丈夫和孩子吃完，再洗涮、喂养猪羊鸡，再下地干活，收工再下厨做饭、喂完丈夫和孩子的嘴，再洗涮、再喂养猪羊鸡，直到我父亲去世，才不再为人做饭、侍候人，算起来长达五十多年。五十年，她会做奶奶做的面食，也学会了做鱼，还会炒各种青菜。这五十多年，她生了八个孩子，两个夭折了，六个孩子都吃了她近二十年饭，相继远走高飞了。我的干妈也是从嫁人那天下厨的，她与我母亲的劳作、侍候人、生育等所受的苦毫无两样，只是她一口气生了九个孩子。她每天除与男人同时下地劳动，与男人同时回来，接着做家务、拉扯孩子，想办法让九个孩子吃饱。尽管看上去像劳役，而她笑呵呵的，把九个孩子养大。她同我母亲一样，为丈夫、为孩子做了五十多年饭。尽管她做的饭都是简单的面条、馒头，馒头、面条，而这样的饭一做五十年，把它说成是劳役，毫不夸张。

不管这种劳役，愿不愿意，成为人妻后的我的父辈、祖辈，我的姐姐、妹妹，还有村里那一茬茬成为人妻的女子，无一例外地从做人妻后的那天起，操起了锅碗瓢盆，这尽管有一千个不情愿，但也无力改变人妻的传统习惯。

女人下厨房，究竟是传统文化内涵的元素，还是传统的陋习？使得女人比男人平添了份难以摆脱的辛苦，也显得女性比男性更为伟大和重要。也许前者是上苍的意图，后者也是上苍的赐予。

这个意图和赐予，被那些温柔善良的女子接受了，被血液里流着传统文化的女子传承了，她们把操持家务当作生活中男女的不同分工，默默接受下来，还有更多的女子坚信，要"抓住"男人的心，先得"拴"住男人的胃。因而许多聪明女人，会接受、学会那美妙和烦人的烹调，能做出可口和绝伦的饭菜，让丈夫享受到女性的温馨与非凡，也成了男人牢牢围着女人的纽带。

女人对这个意图和赐予，也许从骨子里反感透顶了，到了今天，更多的女子痛恶下厨房。嫁前，她们已给夫君宣传，并让其承诺，为人妻不会做饭，更不学做饭，甚至不生孩子。答应条件就嫁，不答应就"拜拜"，对方居然答应了。

两人走到了一个巢，吃是免不了的事情。谁来做饭？有人承诺做饭，而承诺会一时算数，但菜谁来买，饭谁来做，天长日久会成为严峻的现实。婚前承诺过做饭的夫君，喜欢做饭并把它当做一种享受的夫君，日日下厨无怨言；压根忙或不喜欢下厨的夫君，新婚起初下厨，但却时间不长，感受下厨不仅辛苦且要消耗大量时间，便会找多种理由不下厨了，要么到婆家、娘家蹭饭吃，要么买方便食品或吃食堂、下馆子。有些夫妻，几年把住家附近几条街，甚至半个城的饭馆都吃了数遍了。

日日从外面找饭吃，毕竟不是办法，总有吃烦了外面的饭或懒得出去吃的时候，那就得做。谁来做？谁也不想做。妻子责问夫君，你是婚前承诺过饭由你来做的，否则我是不嫁的，你得信守诺言！夫君下厨了，可那是不大情愿的劳作，所以天长日久，起来越懒和烦，不下厨了。饿肚子是很难受的事情，再美妙的爱情，让谁饿肚子，谁也受不了，吵架出现了，进而失望、伤心、分手。诸多夫妻，竟是为吃饭而分手的呢！如今年轻夫妻，为不愿做饭和不愿操持家务而分手的，成了一种现象。

女儿是独生女，是从小吃母亲饭长大的，已吃到了大学毕业。她在学做饭。她做的饭，虽然比不上她母亲，但也能烧出几个像样的饭菜。这是我们引导的结果。她是压根不愿下厨的，她说，嫁人不做饭，俩人吃食堂。我感到这是不懂事的话。我曾经告诉她，做女孩，做人妻，不管才高八斗，也要吃好一日三餐，靠吃食堂、靠男人，是

靠不住的，得靠自己；一个女人不会做饭，就等于不会生活，就等于与夫君缺少了情感交流的筹码，也就渐渐没有了发言权，这样的生活，会越过越淡。女儿明白了这个道理，跟她妈学做饭和做家务，可以做出一桌丰盛的菜了。我说，你会做饭，可以嫁人了。在我看来，女儿下厨会做饭，同获得大学文凭一样重要。

做饭和做家务的意义，在于给心爱的人有一个温暖如春的家。而为一个男人心甘情愿下厨的意义，是在于值得，值得就是一种享受和幸福。而为自己的儿女下厨的意义，不在于值得不值得，为儿女付出辛苦，就是一种享受和幸福，天下父母都乐意接受这份享受和幸福的。让男人下厨房，总是那么的靠不住。因为男人骨子里，他们眼睛总盯着外面的世界，他们希望家是女人的世界。

做人妻是件不简单的事。下厨做饭，如若是一种享受和幸福，那就是女人优良品质的传承，也是一种婚姻家庭重要文化的传承。这也是女性、母亲的伟大所在。

现在越来越体现男女平等了，祖辈、父辈男尊女卑和嫁人吃饭的时代远去了，那么无论时代如何变，饭还要吃的，厨还得有人下，这已不单纯是家务事了。

好在今天大多女子都在厨房里忙着，她们在辛苦着，也享受着、幸福着。那么都来向做一手好菜、操一手好家务的人妻，深深地鞠躬吧！

脸 色

一张人的脸上，藏匿着太多的内容。那内容多得是否如同一片天空一样，同一朵花儿一样，同一片树的叶子一样，同一束光一样，同一片山川一样？应当是。人是万物之子，是万物之灵，人的脸多么像一片变幻莫测的天空一样，有早晨、中午、下午、黄昏、夜晚和春夏秋冬，有童年、少年、中年、老年。从每张脸上，可以找到每一天的时辰，从每张脸上可以找到四季的颜色和痕迹。人脸也如同花朵。花朵是花的脸，它有颜色，有形态，有神态，有表情。不同的花展示着不同的色彩和表情。从花的脸上，可以看到人的神情，从不同的花上，可以找到不同人脸的形态。树叶是树的脸，尽管一棵树它有上千片上万片叶子，而一片叶子却是所有叶子的化身。人的脸，在任何一棵树上好像可以找到与它相同的神态和表情，从任何一个人脸上可以找到一棵树的形态。人脸像一束光，不同颜色的光。从每张脸上，可以看到光在脸上的存在和痕迹，从每张脸上可以找到光的色彩。人脸多像山川。每张不同的脸就如一片不同的山川田野，每张不同的脸，如同不同山川和田野那样丰富。

那种内涵丰富的人脸，尽管可以与自然的丰富比拟。好像自然的形态与色彩的丰富，几乎都凝聚在了人的脸上，从而形成了人的脸色。

而脸色，又不是那么单纯的颜色，它是上苍赐予人的不同肤色，有红黄棕白黑，还有极少的绿蓝色。这是人固有的、难以改变的脸上色调。而人的脸，还有不断变化着的颜色，那是与身体健康有关系的

气色，也还有靠内心情感调控的不断变化的脸色，那是表情。

　　再复杂的颜色，也没有人的脸色表情复杂。人脸的表情，虽被归纳为快乐、愤怒、恐惧、伤心、厌恶、惊讶和后来被学术普遍认可的轻蔑，而专家却说，人的表情不止七种，而是七千种。七千种表情，是从这七种基本表情里变化而来的。

　　这七千种表情，藏匿在什么地方？藏匿在人面部数十块肌肉里。是快乐与痛苦，是肯定与否定，是接纳与拒绝，是积极与消极，是强烈与平静，等等，肌肉的起伏变化，会使人的心态和表情表达显现出来。

　　与人这么多种表情相比，动物就逊色多了。狗是人的朋友，狗通人性，也善于观察学习人的表情，跟人学会了一些，可以表现十三种之多的表情。可兽中之王的老虎、狮、豹，只有愤怒与平静等极少的表情，至于鳄鱼，除了能够滴几滴眼泪外，一个表情也不会。

　　虽然人的脸内涵丰富多彩，全由心掌控着，不但可以控制，还可以伪装，还可以变换。只要掌握了控制、伪装、变换的技巧，任何一张丰富多彩的脸，也可以表现出不同的脸色来。

　　人的脸色，是心态、心情的表现，是形体的语言。于是就有了"察言观色"的词语，人了解人的内心表情，要耳听他说什么，更要看他是什么脸色。是喜形于色，还是怒形于色，这叫有眼色也好，叫识相也罢，看懂别人的脸色，也算知己知彼吧。明白了别人的脸色，也就明白了自己张口说什么，抬手做事怎么做了。可见一个聪明人，看懂别人的脸色，是做事的成败、做人的得体，最起码的常识。

　　可惜，大多数人不要说看懂人脸的七千种表情，就连人脸的七种表情，也未必识得来，那要么就会落得个碰一鼻子灰、要么就会把事情办糟糕。看人脸色，真好比出门识云看天气一样，如若看不清、识不明，那是会淋雨受寒的。

　　而认人的脸色表情，仅是七种就简单了，可它多到七千种。这么多而复杂的表情，需要什么样的眼光，才能认识它呢？恐怕很难，那比识天气还要难。

于是，聪明的人，会下功夫观察和琢磨人的脸色。可这是门深奥的学问，在书里难寻，掌握它得靠双眼的功力了。

于是，聪明的人，会下功夫练习控制、伪装、变换脸色的技巧。这方面有着杰出的典型人物，其中希特勒就是极其典型的一个。没有进过表演学校的希特勒，为极好地控制、伪装、变换自己的脸色，他把自己每个表情拍成照片，仔细琢磨每个表情的功效，终于练成了堪成一流的表演艺术家，脸色可以随时根据需要，去控制，去伪装，去变换，欺骗了一个国家的人。

于是，有的人脸色，就成了一副冷静得如一湖没有涟漪的水，从他脸上，很难看到七种表情；有的人的脸色，就成了只有静态没有表情的和凡事皮笑的模式，从他脸上，很难看到其他的表情。这样的人，都是练就了控制、伪装本领的。

于是，有的人脸色，就练成了一副该怒却笑，该哭却笑，该笑却不笑的本领。

于是，冷静如水的人多了，皮笑肉不笑的人多了，假面具的人多了，笑里藏刀的人多了，就很难弄清楚别人在想什么，藏着什么，想干什么，也就难以判断东西和黑白，也就被别人的表情牵着走了。这是最可怕的事情。

人都希望别人有一副成熟而单纯的脸，有一副真实的脸色，那就是，笑是笑的真实脸色，怒是怒的真实脸色，悲是悲的真实脸色，哀是哀的真实脸色，乐是乐的真实脸色，等等。如若每张脸都是真实的脸色，那么人与人相处是何等轻松的事啊。虽然人都盼望这种真实，可人又不希望真实，人希望人伪装、变换，甚至把伪装和变换的脸色，看成是涵养和智慧。这是令人十分可悲的事情。

人与人相处，不看别人脸色是不行的，见"色"行事是生动的哲

学，因而真正看懂别人脸色，是很难很难的。

人是多么希望不看别人的脸色行事啊。可有谁会不看谁的脸色行事呢，那些权高位重的人，财大气粗的人，厚颜无耻的人……大多数人，不看人的脸色，是无法说话的，无法投足的，难以思考的。

脸色，脸色，我们要给别人呈现一副什么样的脸色呢？

后　　门

皇宫不必说，凡是深宅大院和当官人家、有钱人家，都会有后院或后门的。前门，开在堂堂正正、车水马龙的路边，后门，开在偏僻窄小、阴暗人稀的院落背面；前门，鲜艳宽大高昂而气派，后门，色深矮小而不起眼；前门，是白天开的，后门，大多是夜晚开的；前门，进进出出的人，都是可以在光天化日之下大步流星走路不怕见人的人，后门，是很少有进进出出的人，而出入的人必定是夜幕里左顾右盼不动声响生怕见人的人；前门里进出的人，一定不会安排在后门里进出；后门里进出的人，一般不会在前门里进出；前门里搬进来的东西，是不怕让别人看着的东西，后门里搬进的东西，是最怕让人看见的东西；前门是公开的，后门是隐秘的，前门是阳面，后门是阴面，"阳"门和"阴"门，截然相反，但又各有所用，相互补充，它蕴含着深刻的道理和丰富的哲学思想，有着让人思索不尽的"味道"。

后门，是谁的发明，最早用在哪家庭院？发明者肯定是位极通世故的思想家和哲学家，而最早用到深宅大院里，也许是在王室或皇宫。王室或皇宫里，虽然住着权倾天下而至高无上的人，但也隐藏着天下极其丑恶的阴谋与邪恶，隐藏和滋生着源源不断的阴谋与邪恶。这些见不得光明的人和事，大多不能从前门出入，那得从人看不到或不起眼的地方进出，进出这种人和物，那就得用后门。王室或皇宫的后门，遮盖了多少秘密、隐私和见不得人的事情，成全了许多阴谋的得逞甚至是改朝换代诸类天大的事。王室或皇宫的后门，这绝好的隐藏或障眼秘密的路径，被大官员和有钱人家效仿，也纷纷在自家后院开了后门，还开了暗道式后门。于是天下的深宅大院，都有了后门。后门的来历，也许就是这么简单而深远。

　　后门，自古以来被开在大官人家、衙门和有钱人家，且对后门的设置，也是颇为精心的。开在什么位置，开多大，门漆什么颜色，不同的人家心里，会有不同的大小和色调。普通百姓和穷人家，一般不会有后门的，连前门和院墙都是简易的木板与低矮土墙垒的，要后门没有任何作用，既没有什么做后门的钱，也没有什么见不得人的秘密藏匿，所以大多百姓家是没有后门的。

　　后门比前门用得最多，也用得最有效益的大官人家，要数清朝宰相和珅。和大人家的恭王府，大而不必说，那前门多气派不必说，那后门开得很有意思。后门与前门相比，那真是一阴一阳。前门临街豪华而朱红漆艳丽，气势不凡，后门在阴郁巷道而灰墙黑门很不显眼。而就在这很不显眼的后门口，每晚夜幕降临或者大白天，此门比前门车水马龙热闹，此门里比前门进出的人多，比前门搬进的东西多。那成千上万两金灿灿的金子和白花花的银子，那一箱箱稀世珍品、美玉珠宝和绫罗绸缎，就是从后门一车又一车上搬进府里的，还有那比皇宫里大的玉石，也是从后门在夜色之下搬进院的。从这后门搬进和府的金银，多得在库房放不下，干脆挖了硕大的地窖，存放金银和珠宝。这后门里搬进去的金银，多得让人吃惊，是清朝全国一年的财政收入。至于和府的后门，隐匿和出入了多少邪恶和阴谋之人，那一定

同那么多金银来历一样,有说不清的内容。

后门里除了搬运赃的东西外,还会有什么大的用处呢?大到里应外合的刺客从后门进入皇宫,血洗城池后皇上从后门逃跑,危难时刻从后门溜之大吉,还有平常的小到麻袋偷人、主子和下人偷情之类的事情,都会用到后门。后门虽小,虽不起眼,但它承载和经历的内容丰富,它见过惊天动地的人物,也见过无奇不有的君子和小人。每个深院的后门,都有太多的故事,出人意料、骇人听闻或令人断肠的故事。

也许后门的作用给了人们巨大的智慧的技巧,这个用于行走出入的门洞,被借鉴运用到了世事上。既然后门可以轻而易举躲避通过前门的麻烦、灾祸,可以不动声响出入前门不能也不敢见的人,可以绕过众目睽睽做前门不能做的事,何不用在成全美事上?!所以就有了托人情,打开人情后门,达到某种目的的"走后门"。

"走后门"之词好像是古人的创造,据说来源于宋代的一幕宫廷剧。相传宋徽宗继位之后,重用蔡京为相。宋哲宗时期的官吏遭到了蔡京的极力排挤和打击,激起了人们强烈的不满。艺人们就利用朝廷宴会的机会,用喜闻乐见的方式讽刺了蔡京等人的行为:一位官员正襟危坐于案堂之上,正在处理公务。他勒令一个哲宗年间出家的和尚还俗,又下令将一个哲宗年间出家的道士的道袍脱下来,令其还俗。正在此时,一个下属上前请奏说:"如何处置当今国库发下的旧朝一千贯俸钱?"这位官员思忖片刻,低语道:"就从后门搬进来吧。"从此,"走后门"一词就流传开来,成为了依靠不正当手段达到目的的代名词。

"走后门",一经被人领悟,运用的地方,可说比庭院的后门更广泛了,它成了人们达到不正常目的无形的门。手握权钱的人,或者有钱的人,心里都有一道或几道"后门",或坚固的"后门"意识,"后门"给谁留,会给谁开,情况相当复杂。

办事"走后门"的形式,与庭院走后门的方式极其一致,夜色掩蔽之下,趁人稀少之时,把暗处的后门悄悄打开,观察一下外面的动静，再把要出入的人或东西，"放"出去或"搬"进来。好像人情"后门"、权利"后门"、金钱"后门"，再厚重的铜墙铁壁也挡不住，因为它"开"在人的心里，人的心里一旦有了后门，那将是无形而最奇妙的后门，也是任何材料堵不住的后门。

庭院的后门越多，隐匿的事情就越多，人心里"后门"越多，丑恶的事情就会越多。便捷的后门，是少数人的门，是妙不可言的门，也是可怕的门。

来路不明的情绪

睁开眼睛的那一刻，好几种情绪直撞而来，先是忧郁，后是畏惧，再后来是烦恼、愤然、担忧……刚刚做梦时还在笑，笑得前仰后合，才一睁眼就有了这么多情绪，像蚯蚓一般从地下窜了出来，像一群麻雀落了过来。有多少种情绪接踵而来？我数了数，在这清晨的片刻里，有数十种情绪撞入了我心头。它们有的是独自来的，有的是结伴来的，有的是成群结队来的。这么多的情绪一个又一个地冒出来，缠绕在心头，让人的情绪像被什么搅拌着，各种滋味相继冒了上来。这是哪来的情绪？是因为想起了一件事情吗？一件马上要去做又十分不情愿的事情吗？好像是，又好像不是。如果这件马上要做而不情愿做的事情，也只能是忧郁和担忧罢了，为何会有那么多情绪随之而来。这么多情绪冒出来，哪来的理由啊？它是从哪儿来的？它们的出现是没有理由的，也找不到来路。

有许多来路不明的情绪，会随时随地撞入你的心头。这些来路不明的情绪，有时猛然临门，数也数不清楚。这种茫然的情绪多了，偶尔会出于好奇，也出于认真，在保持心静如水的状态下，会悉心等候那些来路不明情绪的到来。这来路不明的情绪，同所有能找到缘由的情绪一样，有喜悦、兴奋、激动、感慨，有忧虑、愁闷、烦恼、愤然，有担忧、牵挂、焦虑、企望，有失望、沮丧、伤感、悲愤等，且还会在这若干情绪中，分解出若干细微得如丝缕般的情绪。它们来得是那么让人没有防备，来得不约而同，来得莫名其妙，那艳丽的花朵、美貌的女郎、热爱的朋友、甜润的话语、浩瀚的江海、柔和的云朵、金色的大地、美妙的音乐、感人的文字、迷人的画卷、诱人的香甜、招手的财富，那怪异的光束、粗暴的雷雨、漆黑的夜晚、莫名的声响、狂躁的狗叫，那暗淡的空间、凶狠的号叫、粗鲁的谩骂、粗俗的文字、狂妄的言表、无聊的电话、阴险的用心、丑陋的嘴脸，那倒胃的饭菜、美味的念想、饥渴的等待、疼痛的折磨、爱情的失去、往事的回忆、刺耳的警报、病人的呻吟、亲人的离散……都可以勾出或浓或淡的情绪，也会勾引出来路不明的情绪。

如果是一个粗心的人，是一个无所谓的人，是不会有这么多情绪的，而恰恰是一个情感丰富而细腻，又善于品味情绪的各种滋味的人，那会在意情绪的来历，也会找出它的出处，想弄个明白，这情绪是什么来头，它为的是什么，这样的人活得明白和细致，也会享受情绪的滋味。尽管这样，你也无法弄清楚所有情绪的来路，有多少情绪是没有来路的，即使有来路，你也很难找到。

情绪居然有说不清楚的来路，那么一个内心敏感的人，他的每一天会尽然经受喜怒哀乐的情绪降临，尽管怒哀不会常来，但却是很难避免的。至于经受来路不明情绪的困扰，那就更多了。人是情绪的载体吗？人是情绪的组合吗？人是为情绪活着的吗？好像是。伟人说过，"天若有情天亦老"，情中包括情绪，人没有情绪，肯定不会成为人。人是为情绪而活着的。

　　人的情绪，是很怪的东西，像地上的风，随时随地。风是从哪里来的，从地上吹过来的，从天边吹过来的，从海上吹过来的，从墙角边溜过来的，是那片云掀过来的，是那浪扔过来的，是那林吹过来的，是那地缝窜出来的，是那马蹄下生出来的，它是刮到你心里的风，让你不知道它是从哪里来的，看不见，摸不着，找不到头绪。来路不明的情绪，占据了我们的心，让人享受了快乐的甜美，也尽享了烦恼的苦涩。

　　来路不明的情绪，是为什么而来？是为了引起人的警惕、回忆、联想、痛苦，还是送给人舒服、兴奋、激动？是丰富着人的内心，还是蹂躏着人的内心？好像两者相互交织在了一起，很难说它的好与不好，来得应该与不应该。

　　你为来路不明的情绪喜悦，也为它烦恼，你想弄明白它的缘由，但你总是弄不明白，但你发现所有来路不明的情绪，并不是无源之水、无本之木，它都有它的洞穴和根须，只是人的智慧、感知、才学疏浅，或者思维愚鲁和麻木，找不到它的来路罢了。人的一生，被多少来路不明的情绪支配着、充填着内心！它让人有时是理智的，有时是庸碌的，有时是欢快的，有时是烦闷的。这让人喜欢让人恼的幽灵，喜欢捉弄人，总是捉弄那些浅薄庸俗之人，为它而困惑而死去活来，而只有那些性情修养极高的人，才能感受明白它的来路并不会让那烦人的情绪随便乱窜。收下"好的"情绪，抛却"坏的"情绪，这是高境界人才能做到的，常人很难做到。大多人在纷繁的情绪里活得不明不白，那脸一会儿是晴的，转眼又阴了；那脸刚还洋溢自信，转眼又显得无奈。被情绪控制和左右的人，是活得多么幼稚啊。

　　想在来路不明的情绪的口岸，架一座风车，让那些"坏"的情绪，为快乐发电、歌唱、耕耘、做伴。这个想法太好了，就在情绪的口岸，架一座漂亮坚固的风车吧，打理那些来路不明的不好的情绪吧。

在迷雾里行走

　　走在这人山人海的城市里,被人流淹没得好比虫子、蚂蚁般渺小。要是不牢牢记住我是谁,会一时想不起自己是谁;要是不把自己牢牢盯紧,转眼间会找不到自己。这就是自我迷失的感觉。

　　这人海里,人不同于那庄稼地稠密的高粱、玉米、小麦,它们虽有高低,而在一块田里却是一个身份、级别、地位、贫富。可人在这人海里,虽都是五官、四肢谁都不比谁多什么,虽都是吸空气、吃五谷的人,看上去人跟人没啥两样,实际上身价地位和金钱富有,却悬殊得天上地下。

　　在京城,不要想自己的官有多大。用一句调侃的话说,不来京城,不知道自己官小。北京满街尽是官,官有多少?用侃爷的话说,往人堆扔一块砖头,准会砸倒一大片局级、处级干部。这也许有夸张的地方,事实上在京城局级、处级干部"遍街",不为夸张,至于科级干部,用夸张的话说,得在局级处级人堆里拿放大镜找。因而,你走在京城街头,一定不能看重你是哪级干部,你的官再大,也大不过京城的官,你的官再大,也大不过中南海的官。在这个城市行走,最好不要显耀自己是个什么官,只有两个字形容自己比较确切,那就是"渺小"。所以,我在这个城市的人海里穿行,常会感到渺小得不知道自己是谁。

　　让人渺小得不知道自己是谁的缘由,来自官位、金钱和名利。它像飞奔在空气里三个巨大勾人魂魄的陀盘,人人都想挤上去。挤到陀盘中心的人,风光耀眼、富贵荣华,好不让人羡慕。于是,总有许多人,在竭尽全力追赶这个飞转的陀盘,而总有许多人追赶不上,也挤不到最好的位置，反而使自己迷失得如坠云里雾里，找不到自己。那种感觉，是随时随地会出现的。

偶然聚会，有朋友轻易请来十几位官员。有部级、有局级，有少将、有大校，处长成了最小的官。这么多、这么大的官"哗啦啦"来了一大溜，可想这个城市的大官有多少。让人感慨的是，既是处长这级官，在老家那个地方，也是很大的官了，可在这里算不了什么。在这么大、多么多官面前，官小的堆笑脸给官大的一杯杯敬酒。在大官面前，那么忙碌、那么躁动、那么殷勤、那么谦卑，频频敬酒、不厌其烦说恭维话、热情话。从官小的人的殷勤里、谦卑里，让人感到他不知自己是谁，他已找不到自己了。

在一个城市行走，尽是宝马、奥迪等高档车。开坐这么名贵车的人，都是有钱有身份的人。都说"不来这个城市，不知自己钱少"一点不假。聚会，一桌坐十二人，有存款几千万的，有身价几亿元的，三分之二是富人。这是巧合，还是这个城市人群的现实？是巧合，也是现实。在这么多有钱人群里，你会立马找不到自己的位置，找不到自己的价值。

有钱的人太多了。他们的钱多得使你想象不出来。他们那么其貌不扬，那么年轻，那么有钱，钱多得让人汗颜。他们的钱是从哪儿来的，用什么办法挣的？只能猜了。

参加一个沙龙，几十号人净是名牌大学毕业的，且十有八九是硕士、博士学历。你忽然发现身边高学历的人，不知从哪里冒出来的，本科学历倒"稀罕"了。在这群人中，你感觉你比别人矮了一大截。你深感你不考硕士博士，你跟他们再无法玩下去。你感到了渺小，你感到找不到自己。

相聚，既是同乡、同学，也会以"长"级别排坐。聚会排不排座次，实际上座次早已排在人们的眼里了，官大的、有钱的，毫无疑问是受到笑脸最多的人，当然还有当年的校花、美女。

现在更多聚会上，人们很少有谈兴谈文学、谈名著、谈艺术、谈音乐，更多的谈的是官、钱、女人。谈这三样基本成了当今社会主流人士张口闭口的话题，也成了他们子女、亲朋好友听习惯了的话题。

有一种现象特别有意思，市场上萝卜、青菜有价，且年年涨价，而官场上官位，也有了价，哪级多少，层层加码。没钱的人，谁还有信心想升级的事。

如今即使亲戚、朋友间办事，也要提钱，不提钱似乎是不懂事，这也成为习惯和风气了。往往是，亲朋好友间办事，没利益"润滑"，也会常常好事"搁浅"。你感到，这个社会许多事了不用钱说话，好像语言是非常苍白的。

在官位、金钱和名气三大强力磁场里，人们被它吸得头晕目眩。这个强力磁场，是超常的磁场，它强力吸引着有欲望的人。所有有欲望的人，都会情不自禁地挤向这个磁场。这个磁场的路很窄、很陡，像羊肠小道，像云霄峻岭。越往深走，越往高攀，越陡、也越高，没有体力的人，没有耐力的人，是挤不到这个磁场中心的。

在一个级别、一个位置上坐了几年、十年，甚至更长了，猛然抬头一看，竟然有那么多比自己资历浅、年龄小的人而职务和职称高出自己一大截。面对不堪多想的现实，那种渺小的感觉窜上心头。而这种感觉随着职务和级别的"原地踏步"，会感觉雾蒙蒙的一时找不到自己。

…………

一时找不到自己的感觉的事，远远不止这些。因为欲望是多姿多彩的，诱惑是五彩缤纷的，在两者之间，平衡点在哪里？也许是平静，也许是顺其自然，也许是少欲和无欲。

其实一切都是种感觉，荣耀和富贵是快感，痛苦和失意是伤感，无论是快感和伤感都是心底产生的。少点伤感，会少点迷失。为什么要把有些东西、有些事情看得那么重呢？这么沉重的心思，怎么会找到自己。迷雾里行走，多浪费时光。

第五辑　家中风雨墙

系在心头的怀念

一个人一辈子不知要相处多少人，走过多少条路，住过多少房子，依恋过多少狗和猫，等等，而让人能够长久留在心里，让人能够思念的人、想念的路、留恋的房子和怀念的狗和猫等，那是不多的。如果是哪个人、哪条路、哪棵树、哪座房子和哪只动物让人长久地不能忘怀，那一定是它有着非凡的动人之处的。我从十八岁离开老家在外的二十多年，对于故乡，长久系在我心头的怀念，除了许多人，挂在心里最为浓烈的怀念，要属对我家的那条狗了。

那时我家住在村外，孤零的单家独户。我非常不解和困惑的是我们家为什么不与村里人住在一起，而要住在村外？村外是孤独的，一出家门是田地、树木，渠沟，不远处还有可怕的坟墓。我最怕太阳落山，天一黑，四周尽是树的黑影、虫蛙的叫声、乱窜的禽兽、不知所然的响声。门外的怪影、怪声让人感觉它就出现在我家的房前屋后，惧怕是随时的，就是不出门，家外的各种动静，也会让人心惊胆战，毛骨悚然，每逢夜晚出门，成了我和兄弟姐妹最大的恐惧。

那年，我父亲不知从哪里抓来了一条小狗。那条狗非常精神，黑脊背，灰肚皮，两只耳朵直立着。父亲说是只狼狗。这条狗的确与村里的其他狗不同，它的毛色黑亮油光，而且竖立着，体形健美，矫健得像帅小伙，我一下子就喜欢上了它。父亲说，养条狗，既看家，又给人做伴，你们晚上就不再害怕了。我瞧着这威风凛凛的小家伙，心里别提有多高兴了，我喂它吃的，我抱它玩，它成了我的伙伴。自从有了这条小狗，我不再担忧夜晚的到来了，也不再非常害怕晚上那院外老远处的黑影飘摇的厕所。我感激父亲弄来了这么一条十分可爱的狗，让我对家门外可怕的环境，减少了几多恐惧。

它叫什么名字来着？四十年过去了，我早已把它的名字忘得一干二净了，但它那威武的体貌，却清晰地在我心里闪现着。那真是一条好狗啊。它睡觉与寻常狗不同，一般狗睡觉不是在棚子里，就是在避风的屋檐下，想法躲藏到舒适的地方，而它却卧在我家院墙的高高的草垛头上，不管是冰天雪地，还是寒风凌厉，除了下雨下雪，它会躲避到屋檐下外，墙头就是它的家，墙头就是它的岗位。

这个以墙头为家的岗位，并不是家人给它安排和示意的，而是它自己选择的。我不理解它为什么要卧在墙头上，而不住在暖和的草房里呢？谁家的狗都在狗棚和草房里过夜，它为什么偏偏选择了这个与房顶平齐的"制高点"，来当作自己的家呢？我对它的举动好奇极了，我爬到它那高高的窝里，学它卧着的样子，体会它选择墙头为家的动机。我发现卧到这个制高点上，能够纵观房前屋后的大部分地方，尤其是能够把通往我家的东西和东北侧小道尽收眼底。它真是条聪明的狗。

它是条血气十足的狗，它从不因为寒冷而畏缩或者躲到什么暖和的地方。深冬的天非常寒冷，我心痛它，怕冻坏它，我常常把它"叫"到屋里，希望它乖乖地顺从我的意愿，避寒到天亮。我疼爱它，但它往往不"领"我的情，每次把它关在屋里，都要给我惹"祸"：每当听到外面有丝毫响动，就要撞门往外冲，害得搅了全家人的觉。它好像很喜欢它那冰天雪地里的窝，每次它追捕完可疑的目标，准会卧到它墙头上的窝里去的，真让我恨它。恨它但又怜悯它，那几个冬天，每天清早，它总是让我不堪目睹：黑毛变成白毛了，它的身上是厚厚的冰霜，让我难受得掉泪。它忠诚得冒傻，我直骂它，我把它"叫"进屋来，给它扫去身上的冰霜，此时的它好像有种英雄

的气概，神情很得意地扑向我，十分愿意地接受我的呵护和关爱，并一个劲地摇尾巴来感激我。我觉得这家伙像条汉子，又像个可爱的孩子，很有意思，我把它当作我的弟弟对待了。

它是一条忠诚的狗。由于它的忠诚，陌生人、贼，从此不敢靠近我家。陌生人要来我们家，必须老远给我们家人打招呼，只有我们发出"不咬"的"指令"，它才不再睬来人。否则，就是谁拿棍子打它，它也会与人斗到底，为此村上的人谁都怕它。

也许它的英雄气概和忠诚，害了它自己。一天深夜，它忽然奔出院子，以少有的狂叫，追起什么人来，追得很急、很猛，好像咬住到了什么歹人，狂咬声中带着少有的疯狂的怒火。父亲意识到有情况，闻声赶了出去。那是在我家西面的大地上，明亮的月光下，狗正咬住一个扛东西的人死死不放。看来那人肩上的东西很重要，面对凶猛的狗咬，就是舍不得放下肩上的东西，边扛着东西，边抓来石头打狗。狗显然挨了那人的重打，发出了号叫声，被他激疯了。只见它一个猛扑，不知它咬到了那人的什么地方，那人发出一声惨叫，猛地扔下肩上的东西，撒腿就跑。狗紧追不舍，眼看又要咬到那人的腿了，父亲急忙向狗大吼，狗才不情愿地停住了追咬，那人转眼就不见踪影了。

那人扔下的是什么东西？原来是架子车的下脚——整套轴和轮。父亲把它扛回了家，它是八成新的，这在当时一般家庭是买不起的。这架子车下脚究竟是那个人的，还是那人从哪里偷来的，父亲一时难以判断。不过父亲说，这个架子车下脚果是那个人自己的，他会找上门来要走；如果是偷来的，他就不会来要了。果然没人来要那弃物。但父亲就很快搞清楚这个架子车下脚是谁人偷的，因为那人的脚印留在了雪地上。我父亲沿着那人的脚印，查到了架子车下脚原来是从公社后院的一个公家的架子车上扒窃下来的，而且我父亲也沿着脚印查到了是村上谁偷的。偷，对于那个贫穷的小伙子来说，是无奈，父亲虽然是生产队长，但没有向谁说出偷车人是谁，只是把车下脚还了公社完事。

但这事竟然没有完，那个偷东西的人，由于我家的狗的追咬，使他的偷窃没有得手，而由于我父亲的出现，使他失去了这个横财。原来他在记恨我家的狗，也在记恨我父亲呢，于是他寻机报复。报复人，他没有胆量，我父亲不是好惹的，他对狗下了毒手。一天，天亮的时候，这个人把我家的狗引诱到很远处，用刀，也许是用红缨枪，捅到了狗的腹部，捅得很深。狗大声惨叫地跑回家来的时候，身后尽是血。它已流了许多血，奄奄一息的它，卧在了我家的屋檐下，眼里流出了泪水。家人不知道怎么才能救它，刀口太深了，谁都束手无策。我急得直哭，我抚摸它，我喂它馒头，他吐了出来。要是平时喂它，它就会抢着吃，而且吃的很快很香。我感到它非常难受，我不停地抚摸它的头。我的抚摸好像减轻了它的疼痛，它努力地睁开眼睛看着我，在感激的神态中流露出极度的痛苦。不久，它闭上了眼睛，而且任我如何抚摸它，只能很长时间勉强睁开一次眼睛看我。我想它是太困乏了，不要打搅它吧，让它好好睡上一觉，它肯定会好起来的，它是不会死的，我当时坚信。然而，自从它半小时前挣扎着看了我最后一眼，再也没有睁开过眼睛，不到中午的时候，它突然口吐白沫，一阵抽搐之后，没有声息了，我一摸，它身体发凉了，再过一会儿，身体完全冰冷了。它死了，我和家人伤心地哭了。

这条狗的离去，给我带来了极大的孤独和伤感。从此我家没了看家的卫士，我们在家或走出家门，感到危机四伏。事实也是这样，白天时常有陌生人闯进我家来，晚上总觉得有人躲藏在了我家的什么地方，而且还出现了丢东西的可怕现象。父亲很快又买回来一条狗，但这条狗胆小怕事，卧草房、睡懒觉，家门以外的事，不爱搭理。这让我更加想念起那条狗来。

那条狗的离去使我记恨上了一个人，就是偷架子车下脚的那个村里人，父亲曾告诉我那人是谁。我憎恨死那个人了，我每当路过他家，我就往他家房顶扔石头，或者扔东西砸他家的墙；见到他，我总

是把拳头握的咯咯响，就想抡他那张驴脸。尽管我对他愤恨的火苗在心里喷发，但我不敢向他动手，我知道弱小的我打不过他。这种仇恨一直埋藏在我心里，心想早晚总有一天会为我心爱的狗报仇的。我赌咒他倒霉，没想到不久后他就被强人打了，头上砸了个大洞，成了半个废人，这虽然是巧合，但我暗暗高兴，心想他真是应了"恶人有恶报"的俗语，总算得到了惩罚。我认为这等于替我家那条狗报了仇，我不再那么记恨他了。

仇恨可以忘却，但系在心头的怀念难以忘记。那条狗，那条我忘记了名字的狗，是我童年生活中的一部分，是给我带来快乐、幸福的一部分。它让我懂得了什么是忠诚、执著、坚韧和勇敢，它教给了我如何做到忠诚、执著、坚韧和勇敢，它的精神风格，竟然影响和鼓舞了我几十年。

我怀念那条狗，怀念我家那条男子汉十足的狗。

我向女儿道歉

作为父亲，女儿，我有一个错误，我得永远向你道歉，那就是我在你小的时候打过你。

你肯定清楚地记得，我打你屁股的粗暴行为，但你不一定记得我为什么打你的缘由，你完全不会认为父亲打你是有道理的，你至今也会认为你没有任何错，那错是父亲的。错，肯定是你的，而打你却是我的错。这个认识的超越，是最近的事情。如果是在昨天，你的二十岁生日之前，假如我们要对此辩论这件事是谁对谁错，我会出于父亲的尊严和权威，也会处于长期以来教育孩子的传统观念，我会坚持我的观点，我打你没有任何错，父亲是有权利打自己孩子的，那一次你的"不听话"和任性，就该老爸以巴掌来"矫正"你。假如是这样，我们将永远没法沟通，那将是我永远没法改正的一个错误，那你永远会为我那次打你而恨我，你会在内心深处一直怨恨我一辈子。父亲在女儿心中本来是高大的，慈爱的，如若这怨恨埋藏到永远，使女儿对此而长久恨我，这对女儿你和我，那都是很遗憾的事情。

做父亲已经二十年了，在我教育孩子的观念中，一直认同必要时打巴掌也是对孩子的有效方法，因为我的父亲，我父亲的父亲就是这么认为和这么做的。这种"打自己孩子是天经地义的"的想法，让我顽固地继承和渗透在了思想意识当中，因而我是带着这种观念做了父亲的，因此在这二十年来，作为给你生命、给你温暖生活的父亲认为，我是完全有权利打自己孩子的，打孩子有什么不可以！而且偶尔让屁股经历一次皮肉疼痛，会让你记住教训，改正错误，是受益的。现在看来，父亲这样认为、这样做是愚蠢的。我为什么会对这件事情，对这件天下大多父母都犯过的错误而耿耿于怀呢，在观念上有了如此根本的转变呢？我如实地告诉女儿，由于我看了一篇文章，这篇文章的内涵让我明白了我错误的深刻和严重。

这是余秋雨老师的《恒河残稿》的一段文字：

  对于孩子，父母的骂声是一种剥夺，剥夺了他本来就很脆弱的尊严。当尊严已经失去，正确的行动又有什么价值？没有尊严的正确又有什么意义？感谢我的长辈，没有在我的童年时代和少年时代骂我一句、打我一下。于是，我在应该建立人格的时候建立了人格，应该拥有尊严的时代拥有了尊严。我正是带着这两笔财富走进灾难的，事实证明，灾难能

吞没一切，却无法吞没这样一个青年；没有挨过打骂的青年反而并不畏惧打骂，因为这个时间顺序提供了一个自立的机会。如果把顺序颠倒了，让小小的生命经历一个没有尊严的童年，那么，我也许只能沉入灾难而无法穿越；如果说，灾难中人受辱无法动摇我的人格，那么，灾难后的人格必然鼓励我拒绝受辱。

这段文字，让我的心怦然一动，也让我眼里的泪水来回打起了转。我是被余秋雨老师的父母而感动的，他们培养了一个内涵与品德优秀的儿子，培养出了一个中国文化界的杰出儿子，在他调皮、"逆反"的年龄，竟然没有打骂过一次自己的孩子，这让我为此深深感动。是童年、少年的余秋雨听话、懂事，没犯过错误，没激怒过父母，还是余秋雨的父母没有脾气？我想都不是。余秋雨的童年和少年也有许多调皮的地方，也有惹父辈十分生气的地方，为什么长辈没有打他一次，骂他一句呢？这就是余秋雨长辈对人格深刻认识的体现。一个没有对建立人格有深刻理解的长辈，一个没有尊严和人格的长辈，在那个生活艰难的年月，很难维护自己的尊严和人格，也很难能够维护一个孩子的尊严和人格，这是多么让人敬重的长辈啊。

因为有了父辈们给他的尊严和人格，因为他建立了自己的尊严和健康的人格，余秋雨才成为了一个内心健康的、善良的、坚强的、正派的个人尊严和人格品质。他内心的光明和善良、慈祥，同他的文章一样厚实。这是他父辈的功劳，我深深地敬仰这样的父辈。

可惜这个道理作为父亲的我，明白得太晚了。那次我打了你，打你的情形我至今没有忘记，我想你更是不会忘记的。那时，你才八岁多，你常为练习小提琴而耍赖，跟我顶牛。你不愿意学，我们强迫你学，在我们的强迫下，你屈从地接受了这一漫长而苦涩的学习负担，但让我们喜出望外的是，你通过了中央音乐学院小提琴四级考试，虽然取得了成果，我清楚，你是压根不情愿学小提琴的，但我认为你必须拿到八级考级证书，这是我的目标。因而就有了更多的强迫，更多的顶牛，我很生气，我想打你。在我的潜意识里，我必须得打你，不打你，我会毫无办法教育你了；不打你，已经到无法迫使你学习小提琴的程度了。正巧你又同爸顶牛了，而且是那么任性，我很生气，于是，我打了你。你哭得很伤心，我心里很痛苦。

你内心留下了灰暗的印记，不久你性格出现了忧郁，病了，病得很厉害，住了近一月医院才痊愈。爸爸非常后悔自己动手，也非常后悔强迫你学习小提琴的举动。

我们要女儿快乐，不要小提琴的考级，我们豁然决定，从那天起不再让你学小提琴了。你从此快乐多了，忧愁和苦恼少了，你的病也很快好了。

就因为我的意识里牢固存在"打孩子没错"的想法，后来，爸爸还是打过你巴掌的。为什么？我没有忘记，想必你也是不会忘记的。是谁的错？想来，都是爸的错。爸爸脾气不好，对女儿没有耐心。我是一个多么简单、浅薄的父亲啊。

黄 昏 泪

我怕碰到乔大妈，她每次看到我，总要拉住我的手说她和她的儿子们，说个没完，让人着急。乔大妈七十岁了，老伴去世早，辛辛苦苦拉扯大的两个儿子，学习很有出息，老大十年前留学国外留在了

美国，娶了媳妇生了儿，不回来了。五年前，她的小儿子，也就是我的好朋友周二，到美国读博士，本来给母亲保证说读完博士要回国来的，结果自作主张拿到了美国"绿卡"，也娶了媳妇成了家，说回不来了。乔大妈在电话里朝两个儿子发火：我把你们好不容易拉扯哺育成人，你们翅膀硬了就把老母扔下不管了！两个儿子说，您老来美国吧，楼上楼下好几百平方米的大房子，家里雇了佣人，条件比国内好几十倍，您就来这享清福吧。乔大妈执意不去美国，她告诉儿子，你们说多少没用，我哪儿也不去。她给两个儿子下了通牒：你们兄弟俩给我商量好了，我不反对你们挣"洋票子"，我只知道把你们养活大不容易，你们得尽儿子的责任。是你老大留，还是你老小留，反正你们两人得有一个回到我身边来！两个儿子商量了一年多，商量出的结果竟然是：我们都不回。乔大妈最疼小儿子，也最想小儿子，小儿子跟她感情最深。她劝他回来，小儿子却说，媳妇不回来，我也没办法。这话差点把乔大妈气死。在电话里骂他们：娶了媳妇忘了娘，不孝顺的东西！儿子们不吱声，只是给她寄美元过来。无奈的乔大妈骂儿子说，我要钱干什么，我花钱买什么？钱能陪我说话、睡觉吗！但两个儿子连回来的一丝念头都没有，让乔大妈好伤心。那一次，乔大妈拉着我的手，一边流着眼泪，一边骂儿子，像是被人抛弃了的孤儿，内心深处透着委屈和极度失落。

  乔大妈为两个儿子吃了很多苦。她说起孩子来，总是泪水不停。我怕她伤心伤坏了身体，好几次我极力打断和绕开她的"儿子"话题，扯别的事情，她很不高兴。她生气地对我说，你听我说！你和周二是从小玩大的，出了国变得不认识了。他们都愧对我这个妈呢！我把他们养活大，把他们供成留学生，供成博士，啥苦没让我吃够？有出息了，就一个个"飞"了，让我好伤心啊。接下来她就给我讲述我熟知的，她已经给我讲述了许多次的艰难坎坷。她说你得耐心听，你是我儿子周二的兄弟，我不给你说跟谁说，我跟他们兄弟俩说，他们对我烦。你得听我说！我说，乔妈你尽管说，我不烦。她又把她"育儿的艰难"给我述说了一遍。我知道，乔大妈有点神经质了，我得替她儿子听她诉说。

乔大妈的"艰难育儿"故事一讲就得一小时，她前几次讲的时候，我忍不住掉泪了，她是个了不起的母亲。她四十多岁没了丈夫，当时老大读高中，老小才上初中，家里没有什么积蓄，她没有工作，丈夫的离去，让家里唯一的经济来源断了。面对两个上学的孩子，她给别人家当保姆，晚上煮卖茶鸡蛋挣钱，帮人打零工，一天用十多个小时的劳动挣钱供两个孩子上学，每日早出晚归，风雨无阻，辛苦灌满了肚子。她也犹豫过，家里这么困难，要不要再让孩子上学？也有朋友给老大联系好了一份工作，但她还是让大儿子报考了大学，让二儿子也报考了大学，让大儿子出国留了学，让二儿子出国读博士……

"学成了，他们都从我身边飞了。"乔大妈对我不断重复着这句话。她显然是接受不了这个现实的，她在儿子远走高飞的事上受了刺激。她说，我不是固执，让我到国外生活，我无亲无故，一天也活不下去。儿子让她雇个人侍候自己，她冲儿子吼道：我身体又没有动不了的地方，不需要人侍候！

她看两个儿子铁了心地不回来，她也铁了心地不去美国，她说她想去养老院。不久，乔大妈果然搬到了养老院。我给美国的周二打电话，我说，你母亲看起来苍老了许多，想儿心切，心情异常不好，干脆回来吧。周二说，她是个老顽固。上养老院没什么不好。你别劝我，我是肯定不回去的。我说，你是个混蛋。他说，我就当个混蛋吧。

我怕见到乔大妈，怕看她那流泪的眼睛。

家中风雨墙

我离家多年来,平时很少接到家里的来信,所有的信都是专由兄长新元写的。我难以收到家里的来信,不是家人不愿给我写,也不是家里没有可告诉我的事情,而是新元兄向父母和弟妹们有要求,不要随便给我写信;要写信给我,想说什么,由他来写。他让家人不轻易给我写信,不是因为他跟我有什么隔阂和矛盾,也不是我不管家里的事情,实则是他不忍心让家事打扰我,要我一门心思去干工作。

实际来讲,家里的难事是不少的。我父亲长年患肺心病和破伤风病,从三十多岁得病,到七十岁去世,一直病着,一直在治疗,病情一年重似一年。在后来的十多年间,几乎每年都有几次生命危险,幸而抢救及时,没酿成大事。我在外地,姐妹俩和弟弟又指望不上,照料父母的事,都落在了新元兄的肩上。20多年来,父亲病重时的任何一次住院、抢救,兄长没有叫我回去过,全由他一人担当了。

父亲的病,是我时常牵挂和焦虑的事。老家没电话,我又好几年回不了一趟家,要知家里的事只能靠信了,如果新元不写信给我,我就得不到家里的音讯。一个人在外地,时常孤独和寂寞,一旦想家心切,就盼起信来。常常盼信盼得焦急,可偏偏就没有信来,偶尔来信,那也是新元"精心"措词写的。他的大多来信写的很短,多为"家人一切平安""安心工作,不必挂念家人"等抽象的常话。也有写长信的时候,长达数十页,可谓万言书。这样的长信,一般很少说家事、道忧愁,大都是谈做人做事的道理的,话语"细雨绵绵",情真意切，透着兄长的深情期望和关爱。由此，盼兄来信，成了多年来生活中的重要事情。

也有很长时间不来信的时候，准是家里有什么事情，他在暂时瞒着我。

好不容易盼到他来信，果不其然家里有事，但那已是时过境迁，兄长只是轻描淡写地提一下而已，好像在告诉你一件很轻松的事似的。比如，多少天前，父亲病重住院了，当时严重到什么程度，医院是怎么抢救的，用了什么办法，不过现在没事了，病情好转已出院了。等等。手捧来信，让人又惊又喜。

后来，新元家里有了电话，我们从此不再写信。虽然可以给他打电话询问父亲病情，但新元兄的家在城里，父母在乡下，还是直接跟父母和姐弟通不上话。我要询问父亲和家里的事，新元兄的回答通常是避重就轻，要么告诉好的消息，要么什么也不告诉你。我的兄长，他怕给我增添任何负担。在我离家的二十多年里，先后有两位亲人离世，我都没有能赶回家为他们送行。这不是因为我工作多么重要和多么忙得离不开，也不是亲人们不渴望见到我，而是兄长新元没让我回去。

一次是祖母去世。祖母与我感情很深，她是我和村里村外佩服的人物。说她是人物，是因为她从解放初加入中国共产党，担任村妇女主任，为村里的大小事情忙乎了40多年，很有"名气"的缘故。直到前些年，要在当地提起她的名字，不要说在全乡，乃至全县许多地方，都知道新鲜公社寨子大队有个"响当当"的妇女主任叫王存兰。说佩服她，是因为她这个妇女主任没拿公家一分钱的工资和补助，却长年累月忙着村里妇女的事情，让人很敬重她。她去世时82岁，作为全公社党龄最长的党员，县乡村几级组织都派人来吊唁了。兄长新元给我打电话说："奶奶去世了，但你不要太伤心。她是高龄而'去'的，是'喜事'。本来想让你回来奔丧的，但乡里和村里

为她'送行'的人会不少，你在几千里之外，来回得奔波好几天，太累了，没必要奔波。再说丧事从简，家里有我们姐弟五个呢，你就安心工作吧，不要回来了。"我说，这不是一般的事情，不回去怎么行呢？我执意要回家为奶奶送丧，兄长还是把我"拦"住了，他说，送丧是形式的东西，你干好工作，就是对奶奶最大的孝敬。新元兄长的"理"，我驳不回，只好听从他的安排。

父亲去世，我也没能回去，也是因为兄长新元劝阻的缘故。七年前的秋天，我回了一次家，专程回去看望病重的父亲。父亲连续病重住院，本就羸弱的身体已被重病折磨得弱不禁风了，依我看有可能随时会离去。新元家通了电话，我们就不再写信了。虽然方便了，但新元家在城里，父母在乡下，要知家里的事，电话只能打给新元兄。我越来越担心父亲的病。那几个月，我打电话给新元兄询问父亲的病情，每次在电话中，他只是说父亲的病很重，说得很抽象。我意识到，父亲的病很重了。

我的担心终于来了，第二年初春的一天，新元兄忽然打来电话，说父亲去世了。听得出，他压着极度的悲痛情绪，却语气相当平静地跟我说这一噩耗的。我向新元说，我马上回家！新元兄说，照理说，你应该回来，我看你就不要回来了，你抓紧办你工作的事吧，那是大事，家里有我们呢！我很为难了，我的工作调动手续正在办理中，事情虽已确定，但还有让人不踏实的地方。在这节骨眼上，回不回去？我极力主张回去。新元兄和立宏嫂子还是劝阻了我，劝我不要回去了，工作变动是大事，也是父亲牵挂的事。你为这事回来，要使调动的事情出了偏差就不好了。我听了新元兄的劝阻，没有回去为父亲奔丧行孝，忙我的事情去了。

父亲丧事的操办全由新元兄扛了起来。为了让我放心地办我的事，办丧事的那几天，新元兄每天给我电话"通报"丧事料理的情况。他的精细周到的张罗，既让我放心，又让我感动：我家的长兄长嫂太好了，天下少有的孝子，世间少有的好兄长。他像一棵大树，像一把大伞，撑着全家的苦涩难事，也为姐弟们撑起了一片阴凉。他以坚毅的力量，安慰悲痛欲绝的母亲，抚慰痛苦万状的姐弟。父亲的丧事被他料理得很得体，我的事有他的支持和劝慰，也办得较为顺利。新元兄听了我工作落实的结果，高兴地说，你的事情，是悬在我心上的一块石头，这下总算落地了。他的话，让我泪水止不住地流了下来。

这些年母亲眼睛越来越看不清东西了，医生诊断为白内障，也可能是眼底出血，如果照此发展下去，很快会失明的。我对新元兄说，我想把妈接到北京来，请同仁医院最好的医生给她做手术，新元兄不同意。他说，母亲眼病没有诊断清楚，手术风险很大，况且在北京手术一旦有问题，你的压力太大，也照顾不过来，还是在老家做吧，在老家医院做毕竟人熟方便些。

我说服不了他，只好依他。此后好几个月，为母亲做眼睛手术的事，我们在电话里没再提起过，结果在2007年4月的一天，新元兄突然打电话对我说，母亲的眼睛手术做完一周了，今天刚拆线，手术非常成功，母亲的眼睛明亮得能看到十里远外的东西了！他以兴奋的口气向我描述母亲眼睛复明后的状况，也像孩子般表达着他的一种喜悦。

末了他说，手术前没有给姐妹弟弟任何人说，是因为手术风险大，怕你们担心；其实告诉你们，你们也帮不上什么忙，还要着急。与其让你们都担心，不如我一个人担心的好。

母亲的眼睛手术花了六千块钱，我说我把手术费寄去。他说，寄不寄无所谓，我经济上过得去了，钱就不要寄了。我说，这怎么行，妈是我们大家的，你受累操心已经了不起了，不能让你一个人承担医疗费。我坚持要寄钱，他说你就寄两千元吧，不要多寄。面对这样富有极强爱心的兄长，我感到没有任何理由不听他的话。

我从十九岁离家到现在的二十多年间，家里不知遇到过多少难

事，但新元兄从来没有给我提前说过，更没有把任何难事推给我，就是家里实在急需用钱，他宁可想办法借，也没有一次朝我主动要过钱。事后，我问他，家里急用钱应该告诉我，何必为难你自己呢？他说，你们在外面生活难处多，能不添负担的尽量不要添负担吧。

家里用钱，新元兄不向我们在外的弟弟要，并不是他富有，其实他每月的工资不比我多。但他靠什么支付父亲的源源不断的药费开支和家里急用钱呢？他是一个十分节俭而生活俭朴的人，平时要让他为自己多花一分钱，那是绝不可能的，但家里有事，亲人谁有难处，他从不吝啬。他为家里的大事小事，每年要花掉不少钱不说，而且包括我在内，每个姐妹、弟弟都接受过他的帮助。他就是这样一个宁可把家里所有麻烦的事情自己背起来，也不愿意给父母、姐妹、弟弟添任何负担的兄长。

兄长的爱心让我感动。我常常想，父母是兄弟姐妹大家的，家庭的困难也是每人有份的，做兄长的哪有把家里大事小事包下来的责任！完全可以把一些难事、责任分给姐妹弟弟每人一份，甚至有些难事也可以不管。比如家里需要钱，可以让姐妹弟弟每人摊一份，无需自己负重扛着。而新元兄不管面对多大的难处，他从没有这样做过，总是事后才告诉大家花了多少钱，谁愿意负担多少，就负担多少，有困难的，可以一分不掏。

他尽了一个兄长但又是父亲的责任。

这些年，我的经济状况好了，我希望为母亲多花点钱，为家里多操些心，但新元兄在电话里仍然是多报"喜"少报"忧"，或者事后报喜报忧，总怕家里的事给我和姐妹弟弟添了负担和愁闷。

我的兄长，我家的一堵风雨墙。我们作姐妹弟弟的，拿什么才能回报他的情与恩呢？除了努力做好自己的事情让他欣慰外，感到再没有什么能够报答他。我们只能表达的一句话是，我家的兄长，天下最好的兄长。

第六辑

善良是吹不败的花儿

东方微笑之美

从麦山回来的M先生,一路颠簸的疲惫里透着满腹的喜悦。他捧给我一尊缩小泥塑佛像,感慨不已地说,太神奇了,太让人赏心悦目了——东方微笑,中国人的微笑,也是亚洲人的微笑,竟然被表达得如此生动而感人!

我捧过佛像,端详这佛的面容,我同M先生一样,心灵被这微笑震撼。他的笑,他的微笑是那么的亲切而特别。介绍上描述说,这是一个少年佛家弟子侧立像,年龄不过十岁。他是一个开悟了的少年,他面露憨厚而又略带稚气的神情,俯首侧耳,似乎在专心致志地聆听佛的教诲;细眯的双眼,又好像在琢磨刚才的说教,而那深深刻印在他嘴角上的永远的会心的微笑,更像是领悟了其中的奥妙,真可谓虔恭,脱俗,颖悟聪慧。

这尊"微笑的小沙弥"是麦积山石窟的雕塑佛像,被人称誉为"东方微笑"、"东方蒙娜丽莎"。据说还有"东方微笑"的真身,而能够看到真身的人不多。这1500年前的雕塑美,成了麦积山石窟的灵魂,它的美的吸引力是不可低估的。想必一向表情严肃的人面对此像时,也会禁不住松弛神经,展露会心的微笑的。

我把M先生送我的这尊"东方微笑"摆在了书房的书桌前,只要坐下来写东西,它就会面对着我。这"微笑的小沙弥",被冠以"东方微笑",是经典的美称,确切而独特,它让东方人有了自己的微笑。东方人的微笑，竟然与蒙娜丽莎式的西方人的微笑，是那样的相同。美，不管在何处，不管人种，不管信仰，是那么惊人的相似。而"东方微笑"，却比达·芬奇的"蒙娜丽莎"早了1300多年。东西方的两个微笑，都是了不起的美的微笑，而在我看来，"东方微笑"蕴含的大美，是无与伦比的大美。

"东方微笑"的美，是一种什么样的美？

是会心微笑的美。他的双眼眯成了一条缝，那分明是发自心底的微笑，是在回想师傅教诲的美妙之语，是领悟到了佛祖真境界的莲花之美，还是真切体会到了佛祖的真谛让他灵魂超然的快乐？应当是的。这个小沙弥，那颗纯净的内心，一定感受到了让他身心愉悦的道理，因而他的微笑从心底绽放，是那么地真实、自然，其大美也包涵到这真实与自然的会心的笑中了。

是慈爱的微笑。一个少年的小沙弥，如若没有佛祖的教化，那微笑，一定是顽皮的、张扬的、傲世的坏笑，而东方微笑的小沙弥的微笑，是祛除了邪念的微笑，是懂得了爱世界和爱别人的微笑，是心地变得柔软而慈悲心肠的微笑。这样的微笑，透着一种博爱的胸怀、一种与人为善的胸怀，是真正懂得了什么是真正的爱的微笑。一个年少的和尚，况且能有这样慈爱的微笑，那有年岁的和尚更应当是满脸的慈爱才是，这是佛祖对弟子的昭示吧。

憨厚的微笑。一个满脸慈祥的人，必然是以憨厚衬托的，没有憨厚，绝不会有慈祥。憨厚是天然的真实，是没有粉饰和雕刻过的常态，是没有非分之想和邪恶欲望的纯净。这憨厚的微笑，是没有杂念的微笑，是真诚朴实的微笑，是让人信赖的微笑。一个人的微笑倘若是真实得没有掺杂任何东西，那这样的微笑，与天籁之音一样，是极其珍贵的。

是开悟的微笑。他长得端庄而英俊，而在这张英俊的脸上，没有了稚嫩和愚昧，是一脸的聪慧，这分明是达到了较高悟性的一张脸，

他是那种开悟了的微笑，开悟了的笑和无知的笑，一种是伶俐的，一种是愚鲁的。他一定读了不少经书，一定得到了师傅的宠爱般的教诲，他开悟了的心底洋溢出的微笑，流露着一定悟到了什么深刻的道理，而且悟到的道理让他心智顿开，一股甜润涌上脸庞。这开悟了的微笑，不同于平常的微笑，更多表现出的是心地的豁达、宽阔、平静、雅致、快乐。没有开悟的内心，不会有这样的微笑。

"东方微笑"所透出的单纯而又丰富的内涵，构成了一个完美的微笑。他不张，他不浮，他不淫，是进入一种美好境界的微笑。这东方微笑的形之美、态之美、神之美、喜之美，是让人回味无穷的，是让人难以忘却的微笑。东方微笑，世上最美的微笑，我们如若能够修养到这样的微笑，把这样美的微笑展现在脸上，那将是这世上最动人的表情。

寻 找 朋 友

法国人欧达米达斯有两个朋友：卡里塞努斯和阿雷特斯。欧达米达斯死前很穷，而他的两个朋友却很富有，他立下遗嘱："我把赡养我母亲和给她养老送终的责任遗赠给阿雷特斯，把我女儿的婚事遗赠给卡里塞努斯，让他尽其所能给我女儿置办一份丰厚的嫁妆。他们中若有一方去世，活着的一方接替他尽职。"最先看到遗嘱的人对此不以为然，感到这是不可思议的事，可是他的继承人——朋友得知后，却欣然接受了。其中一位朋友卡里塞努斯，五天后相继去世，他的这份责任就由阿雷特斯接替。他悉心赡养朋友的老母，并把他的财产，分出一半给自己独养女儿作嫁妆，另一半给欧达米达斯的女儿作陪奁。他在同一天为她们举行了婚礼。

——这是法国作家蒙田讲给我们的一个故事。蒙田说，欧达米达斯让他的朋友为他效劳，反把一种负担和责任作为恩惠和厚意赠予朋友，没尝过这种友谊滋味的人是很难想象的。

是的，把一个穷朋友的责任当作是对自己的恩惠和厚意去接受，这必是友谊升华到了美好境界才能做到的，否则作为富人的阿雷特斯，谁还想得起那个穷朋友欧达米达斯，就是能想得起他，而面对这样一个不能给自己带来任何利益的穷朋友，也会找出种种借口，把这养老嫁女的麻烦事一推了之。如果是这样的结果，那就正应了中国人那句"富在深山有朋友，贫在闹市无人问"的世事名言。而阿翁是幸运的，他交到了真朋友，而阿翁的朋友也是幸福的，他得到了真诚友谊的馈赠。我为这高贵的友谊而感动。

这让我羡慕起这位欧达米达斯先生来了。我想，这要是在我们中国，这要是在我们这个城市，在我们那个家乡，在我的亲朋之中，如果我是个穷人，如果我一无所有不能给别人回报，我能否把这些累人的责任当作恩惠赠给我的亲朋去履行？我的朋友会欣然接受吗？我想，我的朋友中，绝不乏让我能够依靠、相托的高尚之人，只是没有这样的机会验证如此可贵的友情而已。但我坚信我的朋友也是同样具有这样高尚的。但请原谅，这个故事我得以中国式的思想方式思考，因而我对欧翁的思维就有所不解，允许我以一个狭隘的中国人的思维，向你和你的朋友问几个问题。你欧翁是个穷人，一个潦倒的穷人，你竟然还能与富友至今保持如此至深的友谊，凭什么？你竟然能够毫无顾忌地把你养老嫁女的大事托付给富友，而且竟然把它当作恩惠和厚意赠送给朋友，你头脑是不是出了什么毛病？你这一厢情愿的决定，你就不怕遭到富友的拒绝？但你的富友非当没有拒绝而且愉快

接受了。这让我感到意外。

我也纳闷你的富友，你有钱有势，跟欧翁这样的穷朋友已经不在一个生活"档次"上了，你有那么多的富朋友还交往不过来呢，跟他这样的穷朋友来往还有啥意思？难道你不明白，多个穷朋友就多一番麻烦事？欧翁这样的穷朋友你压根也用不着他，不仅不会给你带来好处，而且会给你平添累赘。这不，真的给你"送"来个大累赘，你非但没有"忘却"他，竟然还欣然接受了这既花钱又要受累的事儿，竟然就把这拖累真的当成馈赠和恩惠接受下来并履行责任，是不是犯傻了？

我这愚蠢的想法，是不是把朋友、友谊看扭曲了？也许吧。当然，这样高尚的朋友与纯洁的友谊，也不只是在法国，任何地方都会存在着，只是这种朋友把自己的拖累当用馈赠、恩惠，而朋友把这拖累真正当作馈赠和恩惠来接受，把"朋友"的内涵升华到这样的境界，这是不多见的。

我们是需要培养这样一种结交朋友、对朋友内涵有着深刻理解的高度文明的。

缺乏这种结交朋友的高尚和文明，是因为对"朋友"、"友谊"认识的浅薄。什么是朋友？什么是友谊？朋友是彼此有交情的人。友谊是朋友间有交情。这是词典的解释，有些简单和抽象。既然朋友是那些在交往中建立情谊的人，那么朋友间交情应该究竟从何而来？靠什么来产生交情？彼此的交情是在追求什么样的友谊，建立在什么样基础上？交这个朋友的目的是什么？等等，这不是一种势利的眼光，而是一种理性的思索。每个人交朋友，大多是偶然的，但绝不是没有自己"想法"的。

交朋友当然需要情投意合，没有性格的相投，志趣的相近，相互的欣赏，真诚的交流，无私的付出，很难建立友谊，也很难成为真正的朋友。结交朋友是容易的，但结交成为真正的朋友、久远的朋友，没有这些高贵、纯洁、肥沃的土壤为基础、养分，那就是水中浮萍。人与人成为一个真正的朋友，是需要有深刻内容做感情基础的。"朋友"的概念是崇高的，"朋友"彼此的"门槛"应当是很高的，它需要"踩"过彼此的感情和心灵的门槛，才能成为真正的朋友。每个人会询问自己，我有多少好朋友？翻开密密麻麻的电话号码本，看来不少，而把所交的朋友一个个理智地"梳理"一遍，发现大都是"认识"、有所来往和浅显交往的人，能够同自己情投意合的、能够互诉衷肠的、危难时奋不顾身的，几乎凤毛麟角。这是为什么呢？这是没有找到真朋友。

真诚的朋友，不是利益的朋友。你交不到真诚朋友，因为你缺乏真诚。你总是以"这个人能给我带来什么好处"的利己想法结交朋友，不去想如何给他人带来幸福、帮助朋友，把交朋友当作有利可图的事情可做，把交朋友当作利益投资去做，如此结交的朋友，当然彼此都是相互利用的朋友。

看看一场聚会和宴请吧，起初大家互不认识，从个头、脸面、穿戴分不出什么三六九等、高低贵贱来，但名片一掏，"身份"一亮，就有了主次，而且这个主次不是以年龄为界限的，而是以权势、金钱、地位为尺度的。于是，你权小位低，你钱少贫穷，你自然就想结交比你有权有钱的人，因此你献媚敬酒巴结他，你小恩小惠拉拢他，你们成了"朋友"。接下来，你挖空心思琢磨如何从"朋友"那里拿来更多的财富，你的"朋友"不无盘算怎么在你这儿得到更多好处。你和你朋友虽然称兄道弟，但各自心里都"门清"，你们是互通有无，相互利用，内心各有一堵利益之墙，见利可以忘义，为利能反目成仇。如今，把朋友建立在利益之上，是现在社会的时髦，就是你人品一流，才能一流，如若你没有利用价值，许多人是没那个"闲心"跟你"磨"时间交朋友的。因而，结交朋友的扭曲，你注定结交不到真心实意的朋友。

究竟应该交什么样的朋友？在社会发展多元化的今天，广泛结交朋友、结交多行业、多层面的朋友，无疑对人生和事业具有重要帮助的作用。问题是，不在于我们交了多少朋友，朋友越多越好；也不在于我们

在交朋友时怀有某种目的，只要这种目的是健康的、高尚的，大可不必隐讳。关键是有没有一颗真诚的心，真诚是友谊的基础，真诚是友谊的营养，真诚是友谊的生命，没有真诚，就不可能拥有真正的朋友。

当然，朋友不只是精神的依靠，它包括金钱、物质方面的相互帮助。有苦恼，送上关心；有困难，伸出双手……这些真情的交流，是心与心的交流，是情与情融会。它不是利益的，是纯洁的；它不是世俗的，它是高贵的。人这一生，如若彼此拥有这样的朋友，是幸运的，也是幸福的。

真正的朋友在哪里？其实在每个人心里。为什么交不到真诚的朋友？因为我们总是有"攀高"的眼睛的作怪。不错，圣人说过，不要结交不如自己的朋友。但圣人没有说不让我们交权势、金钱、才学不如我们、但品德比我们好的人。因而许多人误以为不要结交地位、金钱、声望不如自己的人，以这样"攀高"的心理交朋友，走入了交友的极端。其实，交品德高尚、内心高贵的朋友，比结交品德低下的权贵、富翁而更显得纯洁和高尚。朋友在哪里？朋友在我们心里，只要我们以高尚的心态，以平和的眼睛去找朋友，不管他是什么阶层，什么职业，什么身份，总会结交到许许多多真心实意的朋友的。

善良是吹不败的花儿

人活得是善一点好,还是恶一点好呢?有人问我这个问题,并讲出了心善的诸多不好,又讲出了心恶的诸多好来,而且这些理由在现实中又很普遍,我不愿以简单的结论回答这个问题。我在人生的路上走了四十多年,至今对这个问题仍时常困惑不已。如若在常态的心境下,如若在没有遭遇吃亏的情况下,在没有利益相关的人和事面前,总是认为如果是一个真正的人,对别人还是善良点好,对事物还是友善点好,或者说能善还是与人为善吧——善良会让人活得从容,善良会让人活得坦荡,善良会让人活得阳光,善良会让人活得可爱,善良会让人活得安然。这是我内心处事为人的基本框架,也是内心的"平衡板"。因而,在我做人的原则里,与人为善,是根本。

我的善是什么呢?

我看待别人,总是以友善的心态出发,把别人看得真诚、善良,把别人看作朋友。我以为我看待别人的善,得到的回报必然也是善。

我对别人说话,总是从友善的态度出发,所出口的话尽量让别人喜欢、顺耳、友好。我以为我友善的言语,得到的回报必然也是善言善语。

我对别人的流露,总是从友善的境地出发,所表达、传递给别人的是友善的东西。我以为我友善的表露,得到的回报必然也是友善的。我对待别人,总是以友善的方式出发,所做任何一件事尽量把别人看得高一点,尽量谦让,尽量让别人愉快。我以为我谦让的友善,得到的回报也必然是谦让和让我愉快的回报。

我对待恶人,总是以友善的言行相待,不是什么原则上的大事尽可

能不去冒犯这类人。我以为我的友善，得到的回报是必然友善的回报。

我对待伤害过我的人，总是以宽厚的方式对待，如果不再继续伤害我和与我为敌，我尽可能做到宽容。我以为我的宽容的友善，必然得到的是友善的回报。

至于那些挑拨是非、挑衅、攻击别人的事情，我是绝对回避的。回避，不是我胆小怕事，而是不愿意让心灵有恶，让心灵最大限度保持友善。

那么我具有这么多方面的善，那我一定就是人见人爱、八面玲珑、朋友四海、官运通达的人了？非也。至今，虽然没有恨我入骨的人，但也没有达到人见人爱、朋友四海，而却大有伤我心的人在。

我以友善看待别人，而现实是许多人的内心并不光明，不能友善地看待我；我尽量以友善的言语说话，而有人会认为你怕他或矮他一截，他反而不友善地与你对话；我尽量表达与流露自己的真诚与善良，而有人却不以为然，甚至不以真诚和友善相待；我对别人谦让，而别人误以为你是怕他，或者不如他，他反而对你轻视和傲慢；我对恶人以友善的言行，而他会把你看成是他脚下的一只虫子和蚂蚁那么渺小可欺；我对待伤害过我的人做到了宽容，可伤害过我的人却不认为我的宽容是善良而是软弱……

这都是抽象的概括。而这些抽象的概括中，包含着丰富而切肤的例子。我本想把这些抽象的概括，用实打实的例子加以证明，这样更能说明我的为善，但我又不想去说那些具体而让人厌烦的事情。因为善良的人，总是受到伤害最多的人。任何一个善良的人，都会说出许许多多不公正的对待来，我想我没有必要说那些具体的事，即使说出来也是与许多为善的人的感受是相同的。

为什么善良总是得不到善良的回报呢？原因很简单，你置身在了一个利益圈中，你有碍于别人的利益，你的存在是对别人的威胁。你的周围如若都是如此心态的人，你的善怎么会被人认可？你不愿恶总想善，你的善怎么不会被恶淹没？

在如今崇拜和追求金钱、官位的时势下，很多的善良，都被对金钱和官位的强烈欲望所左右了，甚至常常被倒置了。往往是，那些恶的人，总会得到许多善人得不到的实惠，总会少受善人遭受的许多伤害，总会有很多人敬畏他、恭维他、谦让他。这让人感到，人恶一点没有什么不好，人恶一点活得更从容。我有时候很想恶起来，没有得到的利益像疯狗一样去抢，谁招惹了我，我就像疯狗一样去咬，谁让我看不顺眼，我就像疯狗一样去踩。如若做到这样，单位领导哪个不怕你？同事哪个不畏你？哪个好事会没有你？我想做得恶一点，但实在做不到。不仅学不到恶的方法，而且更打不破善的心理。倘若哪次的话和事说得、做得欠妥，让人误解和不舒服，我总会给予解释和道歉，否则善的心理平板就会失去平衡。我想我只能学习做人做事的最佳方法，或者说适合于我的，能够让我在保持善良的状态下，做到维护我的应有的利益、我应有的人格、我应有的尊严。我想这应当是所有善良的人需要努力的地方，不然善良就会被人利用，就会被当作软弱。而要学会并得体地做到有尺度的善良、聪明的善良、文明的善良，是多么难的事情啊！愚笨的我，长久养成一种固定内心状态的我，有可能学不会这些方法。

但我总是相信，愚蠢的善良也好，聪明的善良也罢，善良总是有回报的。我所欣慰的是，在我所在的任何一个单位，跟我同事过的喜欢我和不喜欢我的人，讨厌我和不讨厌我的人，在议论完我的优点和毛病后会说，"他人品没问题"、"人品不错"。这是多次我从讨厌我的人那里听到的对我的评价，我对此深感慰藉。与人为善的结果和回报，是对人品的肯定，应该知足了吧。

人的一生究竟怎么做人才好？做个什么样风格的人才好？纵然做事的方式有千百种，逐利追名的方式有千百种，生活方式有千百种，做人的方式有千百种，做人的风格有千百种，而善良却是所有做人和做事的"底色"。失去这个"底色"，善良之花将永远凋谢。

生活中的恶人，或者心底不善的人是随处可见的，难道我们的善良因为恶人的存在而改变吗？我想起了罗斯福对待恶人的一段话："假如一个人真的善良，那么善良就是他的天性，这善良不会因为面对的是一个善人或恶人而改变。面对一个恶人，自己也变得凶恶，这还是真正的善良吗？"因而，罗斯福在他曾经的恶人找他相助的时候，他仍然善良地帮助了他。这需要把善良作为一种信念来坚持。

无论如何，不要动摇你善良的信心。善良是任何风也吹不败的花儿，它开在更多人的心里。

|倒在牵牛花下的老人|

爬满牵牛花的墙下，一个拄拐的老人走着走着，忽然跌倒在小道上。小道上没有沟坎，没有绊脚的什物，老人怎么会摔倒呢？老人穿一身破旧的衫，像是农村来的老头，有路人看到了他跌倒，也从他身边走过，但没有人问他为何摔倒，也没人上前扶他一把。看来他摔得不轻，他在抽搐，或者他已无力爬起，他朝路人吃力地摆动手，似乎是呼唤路人扶他一把，可没有一个人向他伸出手来。老人抽得很厉害，他想努力站起来，但很困难。他爬到了牵牛花藤下，想依附牵牛花藤站起来，但还是跌倒了，他从口袋里掏出个药瓶，也许是速效救心丸，吃力地打开瓶盖，但他的手颤抖得厉害，不但没有把瓶盖打开，反而把药瓶掉在了草丛里，摸不到了。老人摸不到药瓶，摸到一朵红绸子般鲜艳的牵牛花，他把它揪下，紧紧捏到了手心。老人是心脏病发作，还是得了什么突发性疾病，身边有人走过，有人观看，显得都很着急，但没人伸出手来相救。

我的熟人W女士，也在着急的几个人中，急得直跺脚，却不上前帮扶老人。我路过碰到了这一幕，也看到着急而没有行动的W女士，W女士说，老人也许心梗了，急需抢救……她向我描述老人跌倒，把一朵牵牛花紧紧捏在手心的过程。我说，你们动手把老人送医院啊，怎么像看猩猩表演似的，见死不救呢？！我去扶老人，W女士猛然把我拉住了，厉声呵斥我，别动，不能动！我愤然问她，既然老人急需抢救，怎么不救呢？！她说，不能动，就是不能动。你动了，他若死了，他家人朝你要人，你怎么办；你把他送到医院，医院抢救的押金谁来出，如果你出了押金，他家人要赖你老人的发病是你撞倒造成的怎么办？！我也立刻成了着急者，也成了观看者。

老人在喘，在剧烈颤抖。有人喊，赶紧送医院。我也大声呼叫，赶紧送医院！可在场人的喊声一个比一个高，可这喊叫是喊给谁听的？是喊给在场的每个人听的，可在场的没人动手，倒像是喊给老人听的。老人听到这一个比一个高的喊声，颤抖的更厉害了。老人命在眼下，时间不能拖了，我要扶他打出租车上医院，好心的W女士还是把我死劲拉住了。她说，千万不能犯傻！我说，那人得救啊，不救人我们还是人吗？！W女士说，你救了他，你会里外不是人。你把老人送到医院，见证人都走了，你给他家人说得清楚吗？W女士对我说，马路救人但被救人讹诈的事现在常有。有些天，就在东大街，有个老人被三轮车撞倒没人管，血流不止，撞人的溜了，路人也没人敢管，一个好心人把他送到了医院。那人又是交押金，又是守候，可是老人还是失血过多，没有抢救过来。老人的儿子女儿来了，儿子不分青红皂白就朝那好心人脸上摔了两拳，牙被当即打掉了几颗。好心人给他们解释原委，但老人儿子根本不听，扭他去了派出所，好在派出所找到了那撞老人的三轮车混账，不然他还得在派出所待下去。

这事在报上登过,也听过这样一些做好事被人一时误解的事情,但那仅仅是一时误解,最终好人还是好人,好人是不会被冤枉的。老人的病情在发作,救人刻不容缓。我对W女士说,我送老人上医院,你给我作证不就行了?W女士断然拒绝说,那不行,如果他家人说我俩是一伙的,是一起把老人撞倒犯病的怎么办?!我说,照怎么说,只能袖手旁观了?!W女士还是劝我不要动手,如果有别人动手的话,可以协助。但时间一分一秒地过去,老人颤抖得有气无力了,我忽然想起急救车。回头看到前面路口,有辆急救车闪过,我使出吃奶的劲追上,正好车是空的,但要去急救一个病人,是腿骨折病人。我给急救车上医生求情,医生是好心人,让车掉头先救老人。

救护车上的医生和护士,麻利地把老人抬上了救护车,要我也一起上车。我说,我跟老人没关系。医生急了,问在场的人,谁是他的亲属!没人回答。医生武断地对我说,你把我们叫来的,你陪病人去医院。W女士对我说,不能去。我对他们说,我不能去。医生说,那这个病人怎么办?!我说,先救人再说费用的事。医生说,如果人救不活呢,人救不活,医疗费谁出?!我无言以对。他要强拉我上车,我把他推开了。他有点要把病人抬下车的意思,我对他说,病人一刻都不能耽误,要使病人死在你救护车上,你可要负责!这句狠话,把那个医生吓住了,他让护士当即给老人输氧抢救的同时,车开走了。我悬起的心,落地了。W女士说,绝对不能去医院,沾上这事会倒霉的……

我放心不下那老人,他被我们让人强行拉去医院,没人交费,没亲人在身边,不知脱离危险没有?我请W女士陪我一起去医院,看一眼老人是否脱离危险,W女士坚决不去,也不让我去。她说,你已经尽到责任了,你已经是个有良心的大好人了,但好人只能做到此为止,不要再沾这事了,不然会很麻烦!我觉得她对我是一片好心,我不知道怎么办好。

我还是去了医院,在急诊抢救室门口,我问一名护士,救护车刚送来的一位颤抖的老人，怎么样了？她说，是哪位病人，是手里捏着牵牛花的哪位吧？我点头。她愤然地对我说，你是他亲属吧，怎么才来，跟我来交押金！她的话尽管吓了我一大跳，可我还是追问道，人怎么样了？她说，脱险了，但随时还有危险。病人急需用药，赶紧交押金，不然用不上药。既然老人脱离了危险，我的心踏实了。我想对她解释我不是老人亲属，但又怕说不清楚，也没人跟我作证，为押金的事医院若找我麻烦，那我就说不清了。我想我的确再不能管下去了，我转身走了。护士要追我，还大声喊叫，要我回来，我理也没理她就走出了医院。

第七辑

人有多少好时光

奶香醉人

在每天生活中,我感到有一件很幸福的事情,就是喝牛奶。

我是从什么时候开始喝上牛奶的?大约是上世纪八十年代中期,也就是快三十岁的时候吧。那时在银川,女儿的早餐必须有牛奶,当时商场没有牛奶,更没有袋装的奶,喝奶得到奶厂订,是散奶。牛奶是挤出不久的鲜奶,很稠,奶熬开上面结有很厚的奶皮,且有很浓的奶清香味。

送奶员每天清晨把奶送到巷子,喊"打奶子了——"。听到喊声下楼取奶,听不到或不来取,不候。送奶员是个兰州口音的妇女,尽管嗓门粗大,但常有听不到的时候;尤其是冬天,天亮得迟,不是睡着了就是门窗关得太严,听不到叫声而错过打奶的时间。因而那些年的每天清早,我不能睡过头,否则要么女儿没有奶喝,要么就得骑自行车到很远的巷子追送奶员。为了女儿,也为了我喝到牛奶,哪怕是冰天雪地和大雨瓢泼,我都要追找,有时候竟然把送奶员追到很远的奶厂。我感到很值得,一碗牛奶,一块茴香饼,女儿喝得香,我吃得香,整个上午,女儿不闹饿,我精神,觉得牛奶很补养身体,是吃食中再好不过的东西了。

我之所以认为牛奶是最好的吃食,是感到奶是除了肉之外,吃了最经饿的东西。对我而言,还有一点,奶,能让人回忆起童年的幸福。我妈说,你是姐哥弟六个中吃妈奶最长的一个。所以你要比你姐哥弟胖，身体好。我问她，我吃了多长时间母奶？她说吃到快三岁了。我不信，我说我生下来正是全国出现三年自然灾害的时期，你们说家里啥吃的都没有，靠吃煮白菜根活命，你们的肚子都饿着，我怎么可能吃上你的奶呢？母亲说，那时我年轻，你有福气，虽然吃的是菜根和麸皮，奶水却没有断，奶你奶到了三岁。她说那个年代村里饿死了很多人，村外和县城的马路边，躺有很多饿死的人，尤其是1960年、1961年，村里每年饿死好几十人。据说，粮食稀罕到一个烧饼可以换回一个媳妇的程度。在饥荒如此严重的情况下，母亲竟然还能生出奶水，母亲竟然不顾自己日渐虚脱的身体，一直用奶水哺养我。母亲说，你是快到三岁时断的奶，不断不行了，全家连麸皮都吃不上了，我身体浮肿得越来越厉害，想来恐怕活不过去了，其实奶水也快干了，得让你断奶喝菜汤，不然我会被饿死。母亲说得虽然很轻松，却让我泪水涟涟了。直到现在，我想起母亲在那样困境下哺我奶水的爱来，仍然泪水不止。

我额头上有个长口子，是一个缝有十二针的伤疤，这与断奶后极度饥饿有关。母亲说，那年你断了奶，只有同大人一样喝菜汤填肚子，菜汤苦涩难喝又不经饿，你死活不愿喝，要奶吃，我已经没有奶水了，你被饿得直哭，哭累了睡着，醒了就闹吃奶，奶头被你快吸破了，没有一滴奶。吃不到奶水，你哭得更厉害，但妈没办法，全家人快饿死了，哪有吃的喂你，你只能靠菜汤养命了。有一天，大人不在家，可能是你饿极了，睡醒了觉的你，在炕上乱爬，结果头栽到了地上。你的头正巧跌到了地上的石片上，血流不止，伤口的肉往外翻，把我吓坏了。我和你父亲赶紧抱起你，拼命往县医院跑，十里路，小跑，肚子既饿又身体浮肿难受，送到医院，差点把我的命要了。幸亏送得快，医生缝了十二针才把血止住，总算把你命救下了。妈说，当我从医生手里接过你，你身体软得像面团，非常可怜，多想让你吃口奶，但奶头里没有奶。尽管没有奶，我还是把奶头塞到了你嘴里，你

吮不到奶但又哭不出声，让妈心酸得哭了一路。妈说，那时候有牛奶，或者有点奶粉也就好了，也不至于把你饿成那个样子。

我从三岁断奶，到后来喝上鲜牛奶，二十多年没沾过奶的滋味了。吃母亲奶的甜美幸福，虽然没有留在记忆中，但对奶的渴望，有着本能的冲动。上小学的时候，班里有个同学叫姚文年，胖乎乎的，一身的羊奶膻味。他是喝羊奶长大的，直到小学毕业，他几乎每周都能喝上一两次羊奶。事实上，后来他也在喝羊奶，十年多全家都在喝。我每当闻到他身上的羊奶膻味，就有种羡慕和嫉妒。

他家养有三只山羊，一公两母，母山羊的奶头掉在后腿间，像个大皮球，里面尽是羊奶。他每天放学和不上学的时候首要的事，是拉着他家的三只白山羊，在田间地头放。他家是全村唯一养奶山羊的人家了。可能是喝羊奶的缘故吧，他们家的人都要比别人脸色润些，身体胖些。那时我想，他们家哪来的山羊呢，为什么我家不养只产奶的山羊呢，那样就可以喝到奶了。

直到喝上牛奶才明白，牛奶的营养价值很高，而母乳的营养价值是牛奶无法比拟的。医学家说，吃母乳长大的孩子，要比喝牛奶的孩子发育健全、身体素质好。提倡母乳喂养孩子。可惜很多年轻的妈妈们，为了自己的身材苗条，从孩子出生就以牛奶代替了母乳，造成了孩子先天营养不足。我感谢我的母亲，在饥荒年代、在自己身体浮肿的情况下，喂了我三年的母奶。

女儿只吃了九个月的母奶，基本是喝牛奶长大的。她的年代是牛奶、面包的年代。她是从没有挨过饿的，是把牛奶视为米饭、馒头一样非常平常的东西的。但在我的眼里，牛奶是金贵的东西，我希望她多喝。但她从小到大，对喝牛奶显得很不耐烦，很多时候，为了让她多喝口牛奶，我哄她，有时逼她，甚至还跟她急过。三年前，她到外地读大学，我送她到学校。学校的饭菜哪能跟家里的比，我生怕她每天喝不上牛奶，要给她买几箱袋装奶放到寝室，她不要。我执意要给她买，她竟然跟我急，搞得我很生气。离开她时，我一遍遍叮嘱她，牛奶有营养，每天别忘记买它喝！她显得很烦，使得我很担心她的营养。

女儿从北京到南方读书，学校的饭菜不可口，是肯定的事，她消瘦了很多。我每次给她打电话，几乎都要问，你每天在喝牛奶吗？她说有时喝有时不喝。我为此很着急，就反复叮嘱她：买牛奶喝，一定要做到！其实她做不到。她告诉她妈，她不太喜欢喝牛奶。我只能心里着急，人家不想喝，我有什么办法呢。

两年前，我出差顺便去看女儿，我看她身体很瘦弱，显然是没有吃好。临走时，我按本学期每天早晚各一包牛奶计算，买了六箱牛奶和好多饼干给她送去，结果她很不高兴。她推说寝室没地方放，怎么说都不要。我说，奶可以放到床下，饼干也占不了多少地方。我要给她把牛奶搬到寝室，她坚持不要。僵持了好一会儿，她说牛奶放下，但饼干没处放。无奈，我把一大包饼干送给了司机。

女儿虽然收下了牛奶，但她是很不情愿收下的。她随即打电话给她妈数落我，买这么多牛奶，给她添多少麻烦！放假回来，我问她，给你买的牛奶喝完了吗？她说，我能喝那么多吗，你把下学期的都买了！气得我无话可说。

能喝到牛奶的日子，我感到是最幸福的日子。尤其是袋装牛奶的普遍销售，使得喝牛奶更方便了。出门带袋牛奶，饿时喝，既解饿又解渴；晚上加班饿了，喝袋奶，有营养还催眠。我时常想，如今的人们，活在一种多么幸福的年代，走进商场，各种品牌的牛奶，各种奶制品，码得如山一样，想喝多少就能买到多少，想喝哪种口味都有，多爽！虽然现在的牛奶，没有我在银川时喝的散奶那样香浓，全国十多亿人，喝牛奶如买馒头一样方便，是了不起的事情。我感到我每天能喝到一袋奶，是很好的生活了。我很知足。

人有多少好时光

想起来，这一周也只有周日的这个下午，心情好一点。我知道，心情好、身体好的时光，应当是好时光。此时，我的心情不错，我坐在湖边，朝着西落的太阳仰望万里云霞，鲜艳的落霞尽染湖水。这霞光湖色，赶走了藏在我内心深处的忧郁，这使得我的心脾通达，心情豁然，我感到这个下午的我，幸福极了。这一个下午，我度过了一段极好的时光。

美好的时光是让我留恋的。忽然想，这样的好时光是何等难得呀，这一周来，这一月来，甚至这好几个月来，好像都很少有这样极好的心情。当然，极好的心情，是曾有过的，但很短暂，往往像闪现在缝隙的一束光亮，转眼间就不见了，留也留不住，追也追不到。还有，那就是喝酒喝到微醉的时候，酒精让人胆大、话多、飘飘然起来，忽然间感到什么也无所谓，谁也没有什么可怕的，有话何必憋着，一下子从容和胆大了起来。于是说吧，吼吧，尽情地发泄吧，心情就达到了最好的时刻。

然而，这样的时光毕竟是通过酒精麻醉大脑起的作用，它给人的兴奋毕竟很短暂，它随着宴散、酒醒而很快消失。宴散和酒醒后，回到了现实的时光里，许多欲望和失意又交织在了心头，许多困难和矛盾涌上了心头，许多灵魂的、肉体的幽灵开始作怪，许多忙不完的事情搅人烦心……许多人的日子，就是这么一天又一天，一年又一年过来的。面对永远也满足不了的物欲和不请自到的疾病，谁能够逃脱掉痛苦和烦恼呢？一个自私和狭隘的人，谁又比谁能够享受更多的时光呢？

一个人有多少好时光？什么样的时光才是最好的时光？对于时间来说，生命中的每一天可说都是好时光，可惜很多好时光被"活着"的麻烦，被纷杂的思想，被疾病的侵袭所占有了。人生最好的时光，不仅仅是童年、少年和青年的生命旺盛时期，身体与心态健康的中年和老年的时光，同样是好时光。好时光，是物质创造的，健康创造的，内心创造的。那么，什么样的人生，才能享受到最多的美好时光呢？

我的童年和少年，是在贫穷和饥饿中长大的。从记事起，每天最大的苦恼和企求，就是今天能吃饱肚子。哪怕刚刚坐在课堂上，也盼望尽快放学，因为肚子很饿。在我的记忆里，我的童年和少年的每一天，都感到没有吃饱过，至少每一天都在盼望米饭。事实上确是这样，家中缺粮，几天断粮那是常事。在这样的生活状态下，贫穷和饥饿足以让人读不进去书，更是感受不到时光的美好。

于是盼望长大去挣钱，那就能吃饱肚子了。在这饥饿中进入了青年，穿上了军装，从此可以吃饱肚子了。当时部队首长问我们当兵的目的是什么，对所有的农村兵来说，实际就是为了吃饱肚子、找"出路"。但我自认为是个聪明人，我的回答是，为了全心全意为人民服务。首长夸我思想觉悟高。而我的陕西战友却说，部队的红烧肉大米饭香死了，当兵是冲它来的，结果受到了首长的批评。虽然我受到了表扬，但我自己感到很羞愧，也很虚伪。但无论如何，这算是我的好时光，一顿想吃六个馒头，就有六个馒头，想吃八个包子，就能吃到八个包子，管够。

在那全国绝大多数人都在贫困的年代，除了在部队能够放开肚子往饱里吃，又有哪里能吃到如此的饱饭呢？我感到刚当兵的那些年，是我人生最好的时光。但随着复员期的临近，入党、提干等前途问题的困惑，如若这些问题解决不了，这样的好饭再也吃不着了。但后来当了干部，这碗好饭算是吃上了，但又为如何吃得更好，如何让家人吃得更好而奔波、拼搏、烦恼，一直到现在。回头看，从饿肚子参

军到吃饱肚子,再到现在饭已经吃得很好了,每天几乎都在忙着、烦着,到底又享受到了多少美好时光?也就是那当小兵吃饱肚子很少忧虑的几年吧。再后来,为了当官,为了有钱,为了房子,为了女人,为了先进,为了上司,等等,脑子中的欲望和四肢的忙碌,不知赶走了多少好时光。直到现在,奔五十的我,感觉到仍没有享受到不同年龄时期的美好时光。

我生活在都市里,我有固定收入,我肯定比我的父辈享受到的好时光多吗?我不好说。我的父辈是农民,他们是在贫困、饥饿、疾病中走完人生的。他们在七八十岁的人生中,享受到了多少美好时光?这我不知道。在我看来,他们习惯了饥饿和贫穷,也习惯了疾病的折磨,我没有听到过他们痛骂日子、痛恨时光什么的话,他们在苦累的劳作中,快乐的笑容常常有。我的爷爷看着集体的树林,每天清早赶着几只羊,把喂饱的羊拴在树上,便躺在树荫下、草地上跷着"二郎腿"打盹、观云、看鸟,傍晚落日时回家;我的奶奶组织村里妇女下地,开会,到十里八乡和县城作报告,风风火火,回到家里千层饼做得很香,老两口吃得合口。他们都很高寿;我父母养育了六个子女,虽然在贫穷和疾病中挣扎,但看着孩子们一个个长大,脸上洋溢着幸福……

我的女儿是京城长大的孩子,每天的面包牛奶常常不爱搭理。从小到大,为劝她喝牛奶、吃鸡蛋而向她说好话,甚至生气。她和她的同学,生活在面包、牛奶的摇篮里,生活在要钱给钱、要衣服给衣服的富足家庭里,但他们说"没意思"、"没劲"、"累死了",等等,他们很少有快乐的大笑。你若要问她,你度过的美好时光是什么时候?她们说,没有。从幼儿园到大学,没有过快乐的时光。她们的未来,肯定会有很多美好的时光,但就业、竞争、择偶、生育,要过上体面而富有的生活,仍是需要付出巨大努力的。这些辛劳,会让多少本来美好的时光失去鲜艳的光泽呢!

我们的身边,有的朋友和熟人,很年轻的时候就病倒了,去了天国。他们被疾病折磨着，他们没有活到人的常规年龄，他们没有享受到本应有的美好时光，这是命运的不幸，也是人生的遗憾。而我们更多的人是幸运者，上苍恩赐了我们健康的身体，而我们在忙什么？在忙于做官，忙于发财，忙于社交，忙所有能够获得物质和利益的事情。看看吧，忙得快退休了，钱也挣得两辈子花不完了，朋友也交了满天下，要问他享受到了多少好时光，大都说没有过上几天安闲的好日子。他们要等退休了、钱挣够了，再好好享受好时光。但谁又能知道，那时自己的身体和内心又是如何的境况，又能够活多长，能够享受到多少好时光呢？许多人把享受好时光的梦想，放在未来和老年，而老年是体力衰弱的年龄，又是疾病不请自来的年龄，更是人生走向谢幕的年龄，又能够享受到多少好时光呢？

　　人有多少好时光？应当说，生命存在的每一天，都是好时光，就看你是否抓住并享受。但这取决于自己，取决于你感受好时光的标准是什么。这是乐观的人、豁达的人、坚强的人、欲望淡薄的人才能抓住和获得的。对更多的人来说，人生感到没有多少好时光。不是在生老病死的痛苦中，就是在功名利禄的追逐里，再不就是日复一日的操劳里，这一切的身累和心累都把好时光湮没了。许多人回首一生，说他没有享受到多少好时光，这不奇怪。

　　人的好时光，是命运在主宰，也是自己在主宰。

　　进入中年后的我，喜欢坐在湖边，也常常坐在湖边，让湖水照照自己，也从湖水中观看白云和落日，感受自然的平静祥和，感悟天地间的日月轮回。这使得我心如湖，安静了下来；心如镜，能看清了自己。因而，无所谓官职大小，无所谓钱财多少，无所谓是是非非，内心成了自己的，日子成了自己的，时光成了自己的。

　　就这样享受这好时光吧。感谢上苍的恩典。

长寿的意义

谁都想活得很长,而究竟活多长才算是真正的长寿,才算活够了呢?

如果让所有的人思考这个问题,也许所有的人会有不同的企望。如果能活到一百岁、两百岁,或者活得更长多好,如果真能活到几百岁、上千岁多好,而如果真正能够活到这么长,又会想,活得多长也得死,干脆不死多好!要活着不死,是不可能的,要活到几百岁、上千岁,也是不可能的,但要活到九十岁、一百多岁是有可能的。在这样的困惑下,我们都会有一个盼望,人既然总有一死,活到百岁也不易,那么能不能让我活得比别人相对长一些呢?为什么要活得长一些呢?而我们祈求长寿的目的和意义又是什么呢?

一般来说,我们会这样看待长寿有无意义。那些每天都在做事,每天都在创造,每天都在为社会和他人忙碌的人,那些社会需要的人,即使他是残疾,即使他在病榻上,我们认为他们的长寿富有意义;那些仅仅为自己而活的人,饮食终日无所事事的人,活得无聊而悲观厌世的人,我们会认为他们的长寿,没有意义。其实这只是我们自己的看法,长寿对任何人来说,有没有意义,不是谁能够为谁下定义的事,长寿对自己来说有无意义,只有每个人自己才能说出理由来。因为生命是平等的,不管他的生命是高贵的,还是卑贱的,是伟人,还是贫民,谁不愿意拥有长寿呢?

我们长寿的意义,是我们能坚持百折不挠活下去的更多理由、信念和精神支撑,是建立在爱一个内心的世界、爱一项神圣的事业,爱所爱的人上的,而所有活下去的一切力量,好像都来自爱一个人、一群人、一个国家、一个民族上。这是我们许多人愿意长寿、追求长寿的原因所在。如果哪一个人，没有这些强大而美好的意愿牵引，只是为了活着而活着，这样的人是很难长寿的。我们发现，大凡长寿的人，他们的心中都有一种信念，如若信念的灯塔熄灭，那生命会很快枯竭。哪怕他是个十恶不赦的人，他追求长寿，而且能够获得长寿，那一定是他心中有什么希望在为他的生命助力，否则早就会自我毁灭几千次了。

我们活着的人，而且能够长寿的人，得感谢这个美好的世界，更得感谢我们的亲人、朋友和我们所喜欢的人。没有他们，我们就会失去活着的意义、活着的力量和信念。与其说我们的长寿，是上天赐的，不如说是我们所爱的人给予的。因为我们活着，在痛苦中活下去的更多理由、决心，是为了在感情上、物质上不断地给予别人，让别人活得幸福。这个别人，是自己的亲人、朋友，也是同胞。所以，我们活着往往是为别人活着的，我们活下去的勇气也是别人给的。否则，我们很难走向长寿，而且长寿也没有意义。

我们的熟人和亲人中，有太多这样的现象，那就是一对爱人好像约好了一样，一方去世了，另一方也很快离世了。有的先后不差一个时辰，有的在同一天，有的在同一年；有的所爱的一方活得长寿，而另一方也活得很长寿。这是因为心中有爱，把对方爱得越深，他越会珍惜自己生命的。

每个活着的人，不管愿意不愿意，无不跑在"马拉松"竞赛场上。前面是长长的生命之路，脚下是生命的终点。倒下来，若接着跑，生命仍然存在；倒下来，不再跑，生命就终止了。实际上，能够跑到终点的人，都是些有坚韧毅力、有坚强信念的人；倒下来的，不再努力的人，肯定是意志和体质薄弱的人。而毅力和体质，还不完全在于老天的赐予，更多的是靠个人的培养和锻炼。有一头狮子追捕母鹿和公鹿，我们以为母鹿肯定遭殃，替它担忧，因为走远的鹿群里，有它的孩子。如果狮子把母鹿吃了，那是我们不愿意接受的。事实

上，公鹿身强力壮，理当要比母鹿跑得快，但恰恰是跑到精疲力竭时，母鹿跑得比公鹿更快了。在狮子穷追不舍下，没想到公鹿越来越跑不动了，后来干脆不跑了，卧在地上等狮子来"打发"它。结果母鹿逃脱了，看起来强壮的公鹿却成了狮子的美餐。

为什么强壮的公鹿没有跑过弱于它的母鹿？为什么强者的公鹿倒下了？如果认为公鹿是为了以身救母鹿，想它不会有这样的觉悟和境界。而实际上，它们的差别和成败，就在于它们的逃生目的不一样。我们看到两只鹿在逃生中，母鹿眼睛紧盯鹿群，也许盯着它的孩子，这让它勇往直前地摆脱了困境；公鹿在惊慌中却没了方向，乱了阵脚，加上没有坚强的毅力，只能遭此命运。

人，何尝不是如此呢？一个活下去的人，一个能够摆脱无数困境的人，一定是心有目标的人。这个目标，就是人活下去，并长寿的意义。

|这些很有意思的人|

湖边的花儿香气醉人。在这秋日的下午，静坐在这花旁、树下，赏花、观湖，沐浴暖融融的太阳，真是滋养身心。这几天的秋色迷人，湖光水色景致如画，湖边坐满了人。我没有更多选择，只能坐在一个空地上。可是我的旁边，有人在一根接一根地抽烟，烟雾把香而清新的空气弄脏了，呛得人很憋闷。烟气跟湖边花香和清净的空气，是那样的格格不入，抽烟的人一点也没有意识到这一点，也不在意别人对他讨厌的眼光。

景色多好啊，空气难得的好啊，我希望他看在这美景和清新空气的面子上，放弃抽烟。但他好像没有丝毫放弃的意思，我只好挪个地方。找到了一个空地方，坐下来没多久，不料身边的汉子掏出一盒烟，也吞云吐雾起来。他的烟很呛人，我想再换一个地方，在这向阳的湖边，好像再找不到这么好的地方了。我向这位汉子说，这么清新的空气和美景，干吗要不停地抽烟呢？他并不生气地说，坐着没事干，不抽烟闷得很。我说，眼里有这么好的景色，应该心情愉悦才是，怎么会有烦闷的感觉呢？他说，嗨，不就是个湖吗，有啥美不美的……他抽完一根，很快又点燃了一根。我无言以对，也不能阻止他不再抽。因为谁也没有规定，坐在美景里是不能抽烟的。我看他没有不再抽的欲望，也没有离开这儿的迹象，我离开了他。我坐在了离湖边较远的地方，这儿没有人抽烟，没有人大口吐痰，没有人乱扔废弃物，也没有人大喊大叫，但不能与湖亲近，也闻不到湖边的花香，使得这个下午的休闲，心里有点淡淡的不悦。我连续好几天想不通，他们为何在这花香和美景里抽烟呢？他们压根就不应该来这湖边，他们坐错了地方。

　　那时候，我们几家住一个单元房，几家人共用一个厕所，厕所不通风，很臭。也许是厕所的味儿太浓烈，邻居大王每当蹲坑，总要抽烟，一根接一根地抽，他上完后的厕所，浓烟滚滚，一时半会散不去，呛死人了。谁都怕在他之后进厕所，但解手的事既不能抢先，更是等不得的，况且你不进去，就会有人进去，那就得活受罪，只得硬着头皮去解决问题。

　　大家都怕进这个厕所，熏人的臭味不说，加上浓烈的烟味，会把人呛得呕吐。我尤其讨厌这臭气和香烟的混合味，每次如厕无不痛恨大王这浓烟味。我觉得大王很愚蠢，怎么会在臭气熏天的厕所里抽烟呢？他想用烟味改变厕所的臭味，这简直是自欺欺人的事。烟气与臭气掺和，吸进肺里，两毒相害，那不是害人害己吗！我对大王说，你为什么要在厕所抽烟呢？害得我们受了臭味的熏，还得受你的烟熏。大王说，我实在难以忍受这厕所的臭，抽烟会让我感觉好点；不抽烟我"蹲"不住，

也解不出来。我说臭气有毒，你的烟更有毒，你这是要害我们呀？大王说，没那么严重，烟气杀毒呢。不让抽烟我拉不出来……

有什么办法呢，大王不认为在厕所抽烟是公德问题，也不认为在厕所抽烟是对身体毒上加毒，他感觉很好。对于大王上厕所时的猛烈抽烟，大家也不好为这事撕破脸跟他吵，同住两年时间，大家都因厕所的烟味深受其害，有的得了咽炎，有的慢性咳嗽加重。至于大王，他的慢性支气管炎的加重，尽管根源在于长期抽烟，但在我看来与在厕所猛抽烟有很大关系。因为他搬进这个单元时，他的病没这么严重。

我去给远方朋友的父亲送药，他得了气管炎和肺气肿，咳嗽得非常厉害，有时一声接一声地咳，有时咳得喘不过气来，但只要咳嗽稍停一会儿，他就会抽烟。抽几口如若咳嗽了，就把烟掐掉，不咳了再接着抽。他咳嗽的时候显得很痛苦，而抽烟的时候又显得很惬意；他一边放着药瓶，一边放着香烟，这种养病的方式很特殊，使得我对他的病又同情又矛盾。

抽烟损害气管和肺，烟是他这病的大敌，一边吃药一边抽烟，这病能好吗？他的咳嗽刚停下，又点起了烟。我几乎生气地对他说，抽烟是你这病的大忌，你边吃药边抽烟，吃药还有什么用呢？他说，抽了几十年烟了，不抽心里憋得很。我说，抽烟会加重你病的。就你现在的病情，即使你把烟戒了，也很难一时治好，但你要抽下去，那病会很麻烦。他说，抽烟会舒坦一些……

朋友的父亲病情加重了，他让我替他送药，我实在不乐意见他父亲，因为我多次劝他不要抽烟，不然白吃药。我的话说了几箩筐，但没起任何作用。我有点讨厌他父亲，他的病那么重，远方的儿子不断给他寄钱，又让我给他搞好药，我感到他对不起他儿子，也对不起这贵重的药。

后来，我的朋友让我给他的父亲送药，我就托别人送去，我不想见他父亲，我觉得他很愚蠢，愚蠢得一点也不值得你可怜。

正巧，在写这些事的时候，收到了一条朋友发来的短信，叫"城里人的辩证法"：

出门打的，乘电梯上三楼的健身房，然后在跑步机上挥汗如雨。半夜上网，去歌厅、舞厅，困了不睡觉；之后失眠，再吃安眠药。管儿子叫"小兔崽子"，管宠物叫"儿子"。挑最有特色的饭店吃饭，吃最可口的美食，端着酒杯，大谈肥胖对人体的危害。手机里存有几百个人的电话号码，没有一个是邻居的。眉毛是描的，双眼皮是割的，鼻梁是垫的，嘴唇是纹的，胸脯是垫的。爱情在自己的电脑里，老婆在别人的电脑里。建广场时把大树砍掉，再建一片水泥假山和树墩子。追求越来越高，谋高职位，穿高级服装，住高级住宅，坐高级轿车，吃高级饭店，患高脂血、高血糖、高血压。用排骨喂狗，吃乡下喂鸡的野菜。到影楼拍裸体写真，回家穿睡衣睡觉……

湖边的花儿在斜阳下格外迷人，抽烟的人终于走了，我又回到了我最喜欢的那棵树下，坐在这美丽的花儿、湖水旁，静静地享受这美好的景色和时光。我为那些坐在空气清新的美景里抽烟、狂啸的人而惋惜，他们与这些美好的地方，是多么不相宜啊！

俯 视

我喜欢站在高处俯视一切，站在高处俯视一切的感觉是愉悦的。站在香山的老龙，看偌大的北京城，它就像座村庄，平时很难看到的城边总能尽收眼底，平时令人生厌的摩天大厦会像积木一样尽收眼下，平时看起来那高大的门楼和华丽的殿堂星星点点，至于如江如海的人和车会消失得无影无踪；站在高楼的阳台上，那些毗邻的高楼统统矮了三分，那些穿梭在马路上的冠冕堂皇的车和道貌岸然的人都不再起眼……站在高处，会让自己的视觉变得神奇起来，一切的人和物都变形了，变得渺小了。站在高处的感觉真好，可以让自己狭窄的胸怀放大，可以让窄小的视野极度展开，可以缩小所有的庞然大物，可以把任何一个人看成虫子和蚂蚁，可以让自己找到高大的感觉，可以让自己找到存在的自信……如果是对于一个压抑的人、抑郁的人、缺乏自信的人、骄傲自大的人，站在高处最能够找到一种良好的感觉，也能获得一些自信的慰藉，更能够获得心头的某些满足。因为有了这样一种能够藐视一切的感觉，所以皇上总喜欢坐在高高的龙椅上，将军总喜欢坐在高大的马背上，平常人总喜欢站在高山上。喜欢站在高处，这其中透着"出人头地"的意识。

但我们总不能站在高处。站在高处是无法生活的。然而我们却有渴望站在高处俯视别人的心理习惯。

俯视习惯，让我们有了怪念。人与人之间本来是平等的，但我们总想俯视别人，那该怎么办呢？

在某些人的视角里，高人一头的俯视，不是真正的俯视，只有高人一头的职位才是真正的俯视。于是,就有了争先做官的意识,有了争先做官的抢夺,有了争先做官的惨杀……站在高人一头的职位俯视别人,是一种鹤立鸡群的俯视,是一种形式上看来理所当然的俯视,他的视线是对着别人的,而折射的却是自己,它会使我们发现别人更多的短处和瑕疵,它会使我们自我感觉高大而不凡,超群而不俗。职位优势的俯视,是不允许有道理可讲的,在有些人看来,级别既是台阶又是差距,级别既是水平又是智慧,级别既是权威又是真理,在职位的台阶上,俯视别人就找到了正常的理由。所以我们千方百计地去抢占职位的制高点,抢占凌驾于别人之上的头衔、荣誉、光环,等等。我们有了俯视别人的台阶,有了俯视别人的权利,我们可以把任何人看作是虫子和蚂蚁,我们可以找理由把任何人当作猪狗宰割,我们可以把能够窃为己有的东西窃为己有……争权,驭人,这是我们人性中多么无耻的事情啊!

　　与别人的能力和智商相差无几时,如何高人一头?只有抬高自己才能俯视别人。于是,就有了吹牛、造假、粉饰、作秀等,方式多种多样。有造假学历假文凭的,有造假历史假荣誉的,有拉大旗做虎皮的。这些还算是厚道的做法,那些很多不厚道者,干脆赤膊上阵,用诋毁别人来抬高自己,用中伤别人来显露自己,用踩倒别人来标立自己。许多品德高尚的人,许多有才华的人,许多功勋卓著的人,为什么倒在了一些无名小卒的脚下?许多无德无才的人,劣迹斑斑的人,为什么成了权力和学术台阶上有权俯视别人的人?两者的差别在于,有无俯视别人的怪念。

　　要让自己成为俯视别人的人,只有把别人搞倒才行。于是,就有了造谣、圈套、陷阱、暗箭等。许多出类拔萃的人,那些成就显赫的人,那些德高望重的人,几乎没有幸免过如此的伤害,而且这些伤害让多少英雄豪杰倒戈沉没!多少小人、庸人、坏人用"倒"别人的方法,实现了他们俯视别人的可恶梦想。不然,就不可能有那么多的小

人、庸人、坏人在人们面前挥刀扬鞭。

追逐怪异的俯视，把我们的和睦、友好、公平、平等、尊重等打破了，把我们的生活、历史、正义等颠倒了过来，把人际环境搞得乌烟瘴气了。这是一种可恶的怪异。

让我们来平视别人，或者仰视别人。平视和仰视别人的概念，是站在平等的高度看别人，用平等的心态和眼光看别人。仰视，是站在低处看别人，是用一种敬仰的心态和眼光看别人。培养自己平视别人的习惯，也应该培养自己仰视别人的习惯。当我们平视别人时，我们会感到，自己跟别人是平等的，自己跟别人没什么多大不同，也没有什么值得高他人一等的地方；当我们仰视别人时，我们会感到，我们没有什么了不起，自己是渺小的而别人是高大的，自己没有什么值得骄傲的地方。做到这样，起码需要一种善良、宽容、谦虚的境界作心灵的土壤。

让我们俯视小人、庸人、坏人。消除怪异的俯视，怪异的俯视是一种邪恶欲望的膨胀。

黑的白的

窗口两种鸟叫,一只是喜鹊,一只是乌鸦。

喜鹊的叫声,在我来看,在所有的人来看,都认为是悦耳的叫声"家——佳佳——家——佳佳……"。"佳"就是好,你家有"家佳事",佳事当然是家喜事。人们自然把喜鹊看作是报喜的鸟。每逢喜鹊窗口叫,心里便洋溢出一份喜悦:喜鹊来预告了,今天家有喜事,有好事,赶紧出门去做吧,好事喜事在等着咱家呢。在喜鹊的叫声里,心情为之一爽地走出家门,也对好事喜事的降临,有了一份信心。果然,听到喜鹊报喜的这一天,做事不仅很顺,还有好事。至于有坏事,一般也不会怪到喜鹊头上,喜鹊是报喜的,天有不测风云,好事也会瞬间变成坏事,还有好事等着呢。果然,第二天又来了好事,于是就相信,喜鹊的名字名副其实,是个喜鸟,是个吉祥鸟。

在窗口也有听到乌鸦叫的时候,那听上去带着嚎声的"哇——",极似"哀——哀——哀哀……"。这叫声粗鄙、野蛮、悲凉,很容易让人产生"哀"的感觉。乌鸦的叫声是报恶的鸣叫吗?它是报恶的恶鸟吗?事实上它常在坟地、死尸出现的地方号叫,它吃腐烂的东西,它的形象与叫声,是与坏事恶事联系在一起,所以乌鸦塑造了它恶鸟的形象,报恶的使者。听到它的叫声,让人心里顿时紧张,今天会有什么不好的事情?果然,乌鸦叫,这一天就不顺,不是有生气的事,就是有倒霉的事。是乌鸦料事如神,还是乌鸦与坏事巧合?说不清楚。但乌鸦的恶叫与坏事的来临,常常不谋而合。乌鸦是恶鸟,同它浑身通黑的毛色一样,十分不被人喜欢。

　　这让人纳闷，两只鸟虽一样的身材个头，身穿大小一样的衣服，有都喜欢跟人亲近的习性，有都喜欢向人喊叫的习性，因衣服相同而花色有别，因叫声不同，而让人喜欢喜鹊而讨厌乌鸦。两种几乎相同的鸟，为何成了一个是天使，一个是魔鬼？是因为乌鸦是全身黑，喜鹊是黑大衣白衬衫的区别，让它们的性格不同，叫声不同了？听两种鸟叫，让人会是两种心情。

　　也许我与众人对乌鸦有错觉。科学家说，乌鸦不仅聪明，且是鸟类动物中知反哺的孝子，列举了许多乌鸦有多可爱的例证。这些都不重要，我也不会迷信喜鹊和乌鸦的，我也不是想说喜鹊和乌鸦的长和短的，我是想用乌鸦和喜鹊的天使与魔鬼的影响，说黑与白的现象。

　　白天是光明的，黑夜是阴暗的；白色代表着洁净明亮，黑色代表着阴森可怕；白代表着清白，黑代表着污秽；白代表着高雅，黑代表着低贱；白是纯洁的化身，黑是邪恶的幽灵……黑社会、黑帮派、黑户口、黑钱，关于白与黑，能说出上千上万种彼此相反的现象，说明白与黑之间，有着奇妙无比的内涵与不同。

　　乌鸦和喜鹊，相同点太多，不同处太少，不同的只是叫声和衣服。就因为乌鸦全身乌黑的缘故，上苍使它变成了一种叫声丑陋的恶鸟而游荡于陈尸腐肉间，成为人们讨厌的鸟吗？也许就是它浑身透黑的缘由吧。上苍造就它为黑色，肯定有它的道理，即使聪明绝顶，它也是卑贱的产物，也是邪恶的化身，不然它怎么会让人厌恶它呢？那乌鸦与喜鹊，就有白与黑之间奇妙无比的不同。

　　喜鹊与乌鸦在衣服和叫声上的不同点，这是上苍的设计。喜鹊就仅仅是那肚皮上的白衬衣和那脖子上的白丝带，想来不是上苍随便让穿戴上去的，那是给予了它光明、慈善、友爱、聪颖、智慧的什么吧。不然，怎么会有它与乌鸦仅仅是衣服的有别，使得一个叫声粗俗，一个叫声悦耳？上苍在造黑与白时，是动了脑筋的。

　　在白与黑两种颜色下，演绎着截然不同的故事。最让人可怕的，是茫茫黑夜，伸手不见五指，在这样的夜晚，会发生多少意想不到的事情，阴谋、盗贼、战争、杀戮等，往往在黑夜里发生。黑暗，遮掩了白天所见不得人世的人和事，更遮掩住了不可告人的秘密。人世间黑暗里发生的阴谋邪恶，比白天和光明里发生的事不知要多多少倍，发生的惊天动地的事情，比白天和光明里发生的事不知要多多少倍。人们不喜欢黑夜，不喜欢黑得见不到一丝光线的夜晚，不喜欢消耗生命三分之一的眠夜。

即使在白天里，人们也不喜欢某些黑。黑心的人，黑材料、黑阴影、黑白分明、黑白颠倒、黑的太阳、黑的庞然大物。活一天，希望活得明白，即使像盲人摸象也要把事情弄个明白；活一世希望活得清白，即使赴汤蹈火也不能把黑点背在身上。人们为了追逐光明的太阳，对清晨是多么的渴望和敬仰；人们为了表达对洁白的热爱与崇敬，用最美的歌与诗来颂扬洁白，制作最洁白的物品来赞美洁白的神圣。你看那白云、洁白的哈达、洁白的婚纱、洁白的墙、洁白的纸、洁白的银发、洁白的内心……是人们多么喜欢而又执着追求的色调啊。

喜鹊与乌鸦，仅仅上苍给喜鹊给了几许洁白，就使喜鹊成了天使的化身，无论这样的推论，是不是上苍的意思，而洁白的羽毛，的确使喜鹊有了雅致可爱的外表，也使得它赢得了人们的钟爱。看来，喜鹊身上仅仅是那点白，不是简单的白，是上苍为了让喜鹊变得秀美的白。这秀美的白，不知蕴含着多少意思和奇妙，真是难以捉摸透彻。

在这样的思维和心境下，面对窗口喜鹊和乌鸦的叫声，我喜欢的不仅仅是喜鹊令人愉快的叫声，还有那黑里有白的洁白，那洁白在乌黑的衬托下，很美、很雅典，连那黑色也不显得令人生厌了。

人活一年

树活一年,会留下一圈增长的年轮,人活一年,会留下什么呢?每当我在回头展望过去的时光,心头总是涌动一股悲情,四十多年过去了,这一年又一年的岁月留给自己的是什么?除了抽象的年岁数字和那么几件在记忆中说得上深刻的事情,只是觉得一年又一年的过去是容易的事情,瞬间的事情。若要问自己这一年是怎么过来的,往往会把它说得很简单,没有更多值得提起的事情。虽然顺畅、平淡的生活容易让人陷入生活的平庸,但要细细回味一年究竟是怎么过来的,过得容易吗,又感到很不容易。

一年是每天的积累。首先得让自己每一天保持健康。能够保持每一天基本健康,是件很难的事情。你得吃好,得保证每天吃的得当、合理、卫生、及时才能保持身体不出问题,否则哪个吃的环节出现偏差,也会导致精神的萎靡和疾病的发生。而要吃好一日三餐,又是非常具体而麻烦的事情。要采购,要煮炒,要洗涮,稍疏忽,倘若哪顿没有吃好,或是吃出了问题,就得生病;倘若长期在吃上有问题,就会得大的疾病。人活一年要吃好三餐饭,不易,要把每天的饭吃好,更不易。我一年总有若干次闹病,不是拉肚子,就是胃痛,这是吃出来的病。许多次生病都很重,我想如果不是生活在城市,如果没有如今发达的医学,就我这体质的身体,也许就会死在某一次"闹肚子"上的。每次从医院出来,我总是暗自庆幸,没有导致大病,还能继续健康地活着。因为,眼看有那么多人"吃"出了这样那样疾病,而早早离开了人世。有位朋友在病中说,他活了五十多年没有吃好。他的胃病和贫血,是由于没有吃好而严重的。我怕他回忆过去，没有细问其原因。其实这"没有吃好"，已经告诉了我，他的病是"吃"出来的毛病。一个人活了五十多岁，他说没有把饭吃好，这我信。不错，每个人每天谁都在吃饭，实质上真正把饭吃好了的人为数不多。一个人来到这个世上，连饭都没吃好，疾病自然不会不找身体。你看，就一个"吃"，吃什么，怎么吃，吃好每一餐饭，吃出精神，吃出健康，是多么不容易的事情啊。

　　这仅仅是吃，要保持健康，还需"料理"好心情。人活每一天，要保持一个愉快的心情，谈何容易。我们有那么多责任，有那么多欲望，有那么多难题，有那么多竞争对手，我们不可能没有失望，不可能没有失败、不可能没有烦恼。所有这些，都会让人产生很坏情绪，对健康造成伤害。我是一个性情中人，对事物的感受往往敏感，且要强又自尊，容易让情绪左右。回味一年三百六十五天，有多少好心情的时候？大多时候是充满烦恼的，而且烦恼的时候很悲观。如此心境下，就会生病，因而每年都得治胃痛，治头痛，治失眠。得病容易祛病难，哪一种病都不是好得的，好对付的，哪一种病都需要长达数月、数年的精心治疗、调理才可痊愈、缓解的。要让自己说，你这一天是怎么过来的，如果一一道出，你会感到一天中的辛苦、快乐、烦恼、病痛五味俱全。你会感叹，人走过一天尽管时光快如飞，而又是那么不容易。

　　但人活着不单纯是为了吃饭和健康，要保证有好饭吃和快乐健康地活着，得工作、得创造。这得不停地学习和苦干。在这知识飞速更新的时代，社会的节奏和竞争的激烈，给人的感觉越来越显得，一天不读书，一天不努力工作，就会有落伍他人或被社会淘汰的忧患。这每一天怎么过，每一年怎么过，心中没有打算，那是恐慌而不踏实的。要问我一天是怎么过来的，早上起床读书，上班不停工作、写，下班继续读书、写。哪天没读书，哪天没写作，会忐忑不安的。一天的生活，如果仅仅是读书、写作这么简单倒好了。你不可能不面对生活给你的挑战，你不可能不面对烦人问题，不可能不面对复杂的人

们。而要把每天的事情做好了，把出现的各种矛盾调整好了，那是需要付出很多心血的。我感到，人活一天，要活好一天，活得有价值，每时每刻、做每件事情都不可马虎啊。要做到不马虎，而且要做得出色，那每一天也是不可能轻松的。实际上，我大部分的每一天，就是在这样的紧迫中、紧张中、苦干中结束的。你说活一天容易吗？

当然，人活一天还有更为重要的，那就是还要小心谨慎避免灾难。出门得乘车，得穿行马路，得坐飞机，得防雷雨，得防水灾火灾，得忍受严寒酷暑煎熬，得防抢劫伤害，得防……人活一天，其实跟森林里动物一样，可说每走一步，周围危险四伏。如果说是在主动活着，其实是在被动中活着。人的一天，如果不去悉心面对这些意外，那一切将不存在。正因为人得用心躲避隐藏在身边的危险，人活一天就得付出巨大代价。

人活一天如此不易，活一年，活几十年就更不易了。既然这样，每个人就应该珍惜生命，善待自己，让自己每一天活出价值，活出人生的意义。让生命留下不是年轮的岁数，而是一串串璀璨的珍珠和闪亮的金子。

|重复的询问|

朋友说，人活着究竟有什么意义？在生活顺利、心情快乐的时候，感到活着有意义，在生活苦恼、岁月艰难的时候，感到生活没有意义。生活，为什么总是让人快乐的事情很少、快乐的时候很短，烦恼的事情、痛苦的时候很多？他说他如今活到了四十多岁，更多的时候感到人生没有意义。

人活着有没有意义，其实这是每个活着的人不断思考，不断重复询问的问题。无论是故去的人，还是活着的人，都会在不断重复追问这个话题中走完人生，在不断重复地追问中终结生命的，而且这个话题也是后来者将永远追问下去的一个问题。

朋友在向我追问这个话题的时候，其实我自己也为这个沉重的问题而困惑。但我对朋友说，人活着有意义。我滔滔不绝地陈述人活着的种种美好。我明白，我的陈述和诠注，是书上搬来的陈旧而苍白的语言，总是离不开名利、儿女情长这些落于俗套的话语。老实说，就是在我自己情绪沮丧的时候，无论是别人和自己，这些诠注根本说服不了我。面对这严肃而沉重的话题，其实自己和朋友是一样的，之所以我能够寻找到对活着的慰藉，对世事和人生悲哀的宽容，相当程度是得到了许多朋友的关爱。至于"人活着有什么意义"的追问，也在内心深处依然存在着。

每个人面对各自的生活和人生，都是一道自己难以破解的题，无论是穷人和富人，无论是权贵和贫民，无一例外。在这个世间，有谁活在没有忧愁、没有困苦的"极乐世界"里呢？除了去了天堂里的

人，我想没有一个人是这样。但又让我们每每看到，我们身边的人，那是极少的人，他们活得那样快乐，那样自在，那样幸福，他们就没有烦恼和痛苦吗？他们就没有灾难和失望吗？打开他们人生的那扇门窗，你一定会发现，他们不比我们受到的遭遇少。只是他们把不幸和重复的追问，变成了化解烦恼、消除痛苦的动力而已。

这正如哲人说的，我们不可能知道绝对的幸福和绝对的痛苦是什么样子的，它在人生中全部混杂在一起了；人人都有幸福和痛苦，只不过是程度不同而已。谁遭受的痛苦最少，谁就是最幸福的人；谁感受的快乐最少，谁就是最可怜的人。这些快乐的人、幸福的人，是善于减少烦恼和痛苦的人。

人活着有什么意义？不必太多地去讲"理想"、"主义"，只能多多思索"身边的"、"后面的"许多事，就能"品"出"活着"的真正意义。品出的内容，实质就是某些"责任"。我曾询问不同的人："人活着有何意义？"他们说，我们有活着的太多义务。我有父母，有孩子，有亲人，有朋友，他们需要我，也不能没有我；我想与我深爱的人厮守一生，共享爱情的快乐；人生尽管很迷惘，相信幸福的时刻总会到来，只有活着才有机会等待到那一刻的到来；我们只有活着的一次权利，无论痛苦多少，也要尽量使自己活得好一些……是的，每个人活着，无不感到有着活着的许多责任在等待我们。

有人说，一个人的自杀，至少会给六个家庭的亲人带来痛苦，这是一个不轻的责任啊。我们活着不能给这么多人带来财富、带来更多的快乐，但不应该给这么多依靠你、热爱你的人带来痛苦，这是一个人活着要承担的责任，更是生命赋予我们对他人爱的诺言。我每当听到一些自杀者的亲人哭喊出"你好狠心，把我们扔下不管！""你走了，你倒'轻松'了，我们怎么办啊？！"那般充满悲痛、充满惋惜，更是充满谴责的呐喊，我便默默责备那些轻生的人，"太不负责任了!""太狠心了!"这是对死去的人的控诉。因而我们活着的人,尽管常常会有轻生的闪念,认为自己生命既不珍贵,也没有意义,甚至会有一心想去死的决心,其实你是"死不起"的,那会遭到亲人的责骂和痛恨的。

人活着有什么意义?其实没有必要不断地重复这样的询问。活着的本身,就体现着存在的意义。对于"活着",我们应该向大自然的万物学习,学习它们既是顽强的,又是自然的,既是高贵的,又是平常的那种对待生命的积极状态。何必以物质、财富、名誉、权力、爱情是否拥有多少,何必以得到和失去多少来断定自己"活着有意义"和"活着无意义"呢?

叫"妈"的感觉真好

每个人都是叫着"妈"长大的。叫妈的感觉是什么?是一种亲切,是一种温暖,是一种安全。当我们在妈妈的身边时,叫一声"妈",得到妈的回应,那是幸福的。这种透着撒娇、寻爱的叫声,使我们得到了无限的暖意,它抚去了孩子浑身的困倦,抹去了孩子心头的寒云,赶走了孩子身体的病痛。当我们出门归来,叫一声妈,得到妈的回应,那是快慰的。妈不仅在等待孩子归来,也在等待孩子吃她热腾腾的饭菜,妈妈的等待,飘香的饭菜,让孩子的心顿时暖烘烘的。当我们远在他乡奔波,电话里叫声"妈",听到妈的回应,那是

一种莫大的安慰。听筒里的妈妈高兴着，并且抽泣着，话语和泣声里透着对孩子的无限思念和牵挂。这让你感到自己既孤单又添了几分誓在异乡要打拼出个样子来的勇气。

叫"妈"是一种特权。当你在母亲身边时，叫"妈"似乎同一日三餐那样平常，当你离开妈妈，不能再当面叫"妈"了，叫"妈"妈也听不着，你的心就会虚浮、恐慌、孤寂。让我从此"心无着落"的是19岁开始。那年我穿上军装远走家乡，妈送我，当火车开动时，我想大声叫"妈"，竟然半天没叫出声来。火车已经开出几米，当我扯着嗓门叫出"妈"来的时候，我哗啦啦的眼泪淌湿了军装的前襟。我知道，从此好几年，将与妈天各一方，想见也不容易见到她了，叫"妈"也从此不会有人答应了，说不上再也没有叫"妈"的机会了。我的那声"妈"叫的嗓门很大，有生以来的大，叫得妈妈哭出了大声，妈妈的哭声让我快撕肝裂肺了。车轮的"锵锵"声，把我叫"妈"的特权拉出了距离。

离开妈是痛苦的。而这种痛苦对我而言不全是来自恋妈，很大程度上来自不能当面叫"妈"的心里失衡。因为你叫"妈"，身边没人答应你了。你渴望通过电话叫声"妈"，但家里没有电话，你在心里默默地叫"妈"，听到妈的回应，但你知道这是虚拟的。你只有在纸上叫"妈"了。但信中叫"妈"，妈是不能当面回应的，这使得我在很长一段时间，内心出现无名的恐慌、惆怅，甚至茫然。这种恐慌、惆怅和茫然直到三年后见到妈妈，才得以缓解。但离开妈妈，这种不安的感觉又重袭心头。我在外地二十多年间，我回家陪伴妈妈和妈妈来我家的时间，也就一年多。这是我真正当面叫妈的幸福时光。我叫着妈，妈答应着，我在这叫声和答应声里，获得了巨大的温暖、安慰和信心。我的叫声和妈的答应声，让我回到了童年，让我有了家的归宿，让我有了受到庇护的慰藉。五年前，父亲去世，妈妈从乡下搬到了城里四弟新朋家，从此可以给妈妈打电话了。想妈了，给妈打个电话。我在电话里叫着"妈",妈甜润地答应着,我感觉我是幸福的,心里是踏实的。这让我感受到,叫声"妈"是一种享受。

叫"妈"的人永远年轻。妈今年七十岁了,儿女没了父亲,妈没了陪伴,孤独和寂寞使得她时不时地说出"我活不了几年了","我快死的人了"等悲叹的情绪来,每当这里,我们做儿女的总劝慰她,您身体没啥大病,就往一百多岁活吧。妈只是苦楚地笑笑而已。她不知道她能活多少岁,我们也不知道她到底能活到多少岁,因而每当我听到她说这样的话时,我的内心像针刺刀绞般难受。这不仅仅是由于怕失去妈,而让人心战栗的是感受到了那一天的到来,将是我的生命唇亡齿寒的到来,尽管我已经四十奔五十,那我就成了没有妈的孩子了呀。到那时,不能再叫妈,叫妈也没人应答你,你将不再成为谁的孩子,你就是老人了。这是多么可怕的事啊。想到这个境况,我感到很幸运,我的妈还健在,我的妈身体还好,我们叫着"妈",妈答应着我们,妈叫着我们,我们答应着妈,这是人间多么美好的幸福事情啊。我祈盼她活一百多岁,我给她做久远的孩子,不论我多少岁,我叫声"妈",有妈回应。妈活着,我永远是孩子,我永远会是年轻的。

叫"妈"的感觉真好。有朋友流着泪水这样对我说,妈已去世了。妈在的时候,不感觉到叫妈的内容有多深刻,一旦妈走了,没处叫妈了,心里对妈的思念、热爱、眷恋,一切的一切都归结到了渴望能再有机会叫一声"妈",而且她能给你记忆中的那亲切的回应。如果妈永远走了,对妈的渴望成了回忆,对妈的企盼变成痛苦,不能再面对一个老人叫"妈"了,你是多么后悔,后悔在她活着的时候自己应该多陪她一会儿,多为她做点什么,多叫几声"妈"呢?她说,妈迟早是要离我们而"走"的,有妈的人应该倍加珍爱她,好好享受叫妈的感觉,那是人世间最幸福的呼叫和回应。倘若你一旦失去她,你在她遗像前,你在她坟茔头,你如何以深情的话语叫"妈",你再也找不回那种叫"妈"的感觉了。朋友的切肤感受,让我更加思念起远方的妈妈来了。

一个与良心没关系的重大事情

那一瞬间的灾难,是他们眼看着发生的,就在他们下车后短短几分钟发生的,一切来得是那么突然,那么地让他们魂飞魄散——他们刚刚从那辆车上下来,就在他们下车没走多远,一块飞奔的巨石,忽然从山上落下来,正巧砸到了山道上行驶的客车。客车被巨石砸翻滚落到了百丈崖下。

这惊心动魄的一幕,他和她全看在了眼里。这几分钟前有说有笑的俊男靓女,还有几个老人和孩子,顷刻间同车一道被摔得支离破碎、惨不忍睹。他和她顿时吓瘫了,瘫软得站不起来。车上四十多人,无一生还,全部遇难了。

这一客车同路人中,由于他们提前下了车,而幸免于难。那些哭得死去活来的死难亲人,瞅着他们免遭灾难的大幸,闪着泪珠投来极其羡慕的眼神。有几个人走过来,问他们,你们是这车上提前下车幸免于难的情侣吗?他们被这问话吓得瑟瑟发抖,以为这些人要找麻烦,要揍他们。可来人伸出来的不是巴掌,而是热乎乎的双手。来人对他们说,恭喜你们幸免灾难,祝愿你们爱情美满,生活幸福……来人给还他们递上了面包,矿泉水。他们的肚子早已饿扁了。他们惊恐地向问候他们的人作揖致谢,抖动的双手接过递给他们的食物。他们吃不下,也喝不下,他们慌张地拦了辆车迅速离开了,好像这山上滚下的石头,是他们推下来的;翻到深谷的客车,是他们推下去的;那一车人的遇难,他们是罪魁祸首。但直到他们离开,没有一个人说这灾难跟他们有关系,没有一个人指责他们,没有一个人朝他们投来恶意的眼光，但他们却惊慌失措，生怕跑得慢一点，有谁会把他们揪住，有谁会向他们脸上打来巴掌，甚至死者的亲人会把他们撕成碎片……他们瞅后面，没人追来，离开现场很远也没人追来。尽管这样，他们浑身还是在发抖。

他们是一对新婚情侣，他们回到了温馨的家。虽然幸免灾祸让他们激动，可那山谷遇难人的惨状，那遇难者亲人撕心裂肺的号哭，让他们在梦中也心惊肉跳。他们的脑子不停地在放映客车被山上巨石砸入山谷的可怕瞬间。虽然至今没有人追究他们什么，没有人指责他们什么，可他们还是感到这灾难，那一车人的遇难，与他们有关。他们的良心应当受到鞭打。

她说，全怪你，我们不应在半道下车；如若不在半道下车，那客车就避开那块落山的巨石了，那客车也就不会被巨石砸中了。他说，怪你，你偏要半途下车，非要拍什么怪石照片！如果不在半途下车，就会错过落石，避开灾难……两个情侣吵了起来，她感到他对她的埋怨、指责，像皮鞭一样抽得她身心疼痛颤抖，新娘哭得很伤心。她是在害怕，也是在谴责自己。

这巨石造成的车毁人亡惨剧，究竟怪不怪自己？一对情侣都在暗自询问这个问题。那天，他们从省城拍完婚纱照，坐了那辆客车回家。车上坐得满满的，大都是学校的学生，一路歌声一路笑声。车快到风景绝美的山涯口，山涯口奇石迷离，新娘要求新郎下车，游山拍照。他们叫停了车，半道下车，客车停了不到两分钟。可就在他们刚刚下车，客车开出十几米远时，那块罪恶的石头突然从山上落了下来，不偏不倚砸到了客车上。被巨石砸中的客车，像个失控的野马，翻滚直落山涯。山谷深百米，客车滚落山涯摔打出巨大声响，待客车落到涯底，车身被摔成七零八落的碎片……

这一切都是发生在瞬间的停车、下车、落石、一车人灾难降临，如若有几秒钟的错过，错过几秒钟，什么也不会发生，那车上活蹦乱

跳的人，在上学的上学，做事的做事呢。他们怪罪自己的半途下车，间接造成了其他人的遇难。是的，也许如果客车错过几秒钟，那块巨石怎么会落到车上呢，这一车人怎么会遇难呢？他们是对心地善良的年轻人，尽管他们明白，这灾难是巧合和偶然，与良心无关，但他们还是把这客车偶然的灾难，怪罪到了自己半途下车上。他们坚信，倘若他们俩半途不下车，不耽误那几分钟，那巨石绝不会落到客车上，这一客车人也不会遇难。

他们是这客车里的幸存者，他们当然把半途下车的事，把下车后客车当即被落石击中的事，向事故调查的人说得清清楚楚了。他们希望有人指责他们，怪罪他们，这客车的遇难，这么多人的死去，与他们下车有关系，这样他们心里好受些，也是对遇难人的一丝安慰。但很久过去了，没有人对他们的半途下车而造成落石砸车乘客遇难，追究他们的责任，连指责也没有。

亲朋好友都来祝贺他们，但他们笑不起来。那满客车鲜活的面孔的消失，让他们悲痛，让他们那善良的心难以安静和难以面对快乐的生活。他们以两颗极其善良的心，为报纸写了一封信，给全车遇难者的道歉信——如若没有我们半途下车，车就会避过落石，你们也就不会遇难……向你们深深地道歉，道歉，道歉……

这封道歉信，引发了许多人的感动，也引发了许多人的思考。他们是不是间接造成四十多人遇难的祸首？理智的公众并没有把这偶然拉到必然的关系上，却给了这对情侣关于良心的赞美。虽然事实上如果他们不半途下车，客车就不会遭到灾难，但公众还是没指责他们。

公众是理性而善良的，但这对情侣在道歉信上却说，我们有间接原因。我们是有良心的人，这事故我们有间接责任。我们不能丧失这样的良知……我们向遇难的人道歉！